A PRÓXIMA PESSOA QUE VOCÊ ENCONTRA NO CÉU

MITCH ALBOM

A PRÓXIMA PESSOA QUE VOCÊ ENCONTRA NO CÉU

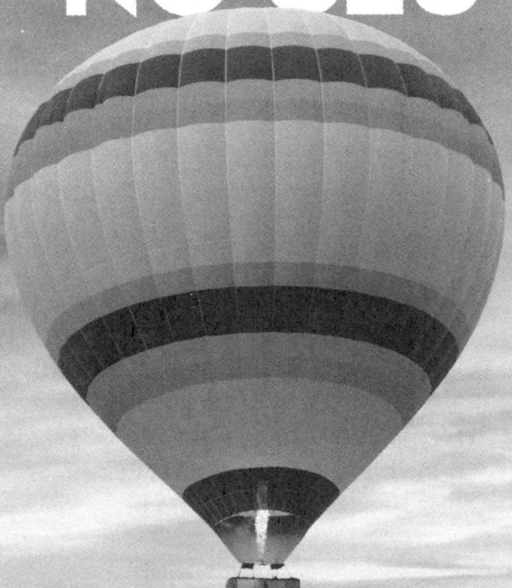

Título original: *The Next Person You Meet in Heaven*

Copyright © 2018 por ASOP, Inc.
Copyright da tradução © 2019 por GMT Editores Ltda.

Todos os direitos reservados. Nenhuma parte deste livro pode ser reproduzida sob quaisquer meios existentes sem autorização por escrito dos editores.

tradução: Alves Calado
preparo de originais: Alice Dias
revisão: Sheila Louzada e Tereza da Rocha
projeto gráfico e diagramação: Valéria Teixeira
capa: Victor Burton e Anderson Junqueira
imagens de capa: roda-gigante: Mats Silvam/ Getty Images
balão: Smitt/ iStock/ Getty Images
impressão e acabamento: Cromosete Gráfica e Editora Ltda.

CIP-BRASIL. CATALOGAÇÃO-NA-FONTE
SINDICATO NACIONAL DOS EDITORES DE LIVROS, RJ

A295p   Albom, Mitch, 1958

A próxima pessoa que você encontra no céu/ Mitch Albom; tradução de Alves Calado. Rio de Janeiro: Sextante, 2019.
192p.; 14 x 21cm.

Tradução de: The next person you meet in heaven
ISBN 978-85-431-0762-2

1. Ficção americana. I. Calado, Alves. II. Título.

19-56536   CDD: 813
                                       CDU: 82-3(73)

Todos os direitos reservados, no Brasil, por
GMT Editores Ltda.
Rua Voluntários da Pátria, 45 – Gr. 1.404 – Botafogo
22270-000 – Rio de Janeiro – RJ
Tel.: (21) 2538-4100 – Fax: (21) 2286-9244
E-mail: atendimento@sextante.com.br
www.sextante.com.br

Para Chika, a "garotinha" da nossa vida, que já está iluminando o céu.

E para todos os enfermeiros de lá — que, como os que cuidaram de Chika, tocam nossa alma mais do que imaginam.

Sumário

Nota do autor · 9
Fim · 11
   Annie comete um erro · 34
A viagem · 36
   Annie comete um erro · 38
A chegada · 40
   Annie comete um erro · 42
A primeira pessoa que Annie encontra no céu · 45
   DOMINGO, 10h30 · 50
A primeira lição · 52
   Annie comete um erro · 56
   Annie comete um erro · 63
A próxima eternidade · 65
A segunda pessoa que Annie encontra no céu · 67
   Annie comete um erro · 78
A segunda lição · 81
   DOMINGO, 11h14 · 87
A próxima eternidade · 88
   Annie comete um erro · 90

A terceira pessoa que Annie encontra no céu   95
   Annie comete um erro   102
A terceira lição   116
   Annie comete um erro   121
   DOMINGO, 14h14   132
A próxima eternidade   134
   Annie comete um erro   136
A quarta pessoa que Annie encontra no céu   138
   Annie comete um erro   145
A quarta lição   149
   DOMINGO, 15h07   158
A eternidade final   160
A quinta pessoa que Annie encontra no céu   163
A quinta lição   170
Epílogo   174
Agradecimentos   178

Nota do autor

Esta história, assim como *As cinco pessoas que você encontra no céu*, foi inspirada no meu amado tio Edward Beitchman, um veterano da Segunda Guerra Mundial que se achava "um ninguém, uma pessoa que nunca fez nada de importante".

Quando eu era criança, tio Eddie me contou sobre a noite em que quase morreu num leito de hospital e saiu do corpo, vendo seus entes queridos já falecidos esperando por ele à beira da cama.

A partir desse momento, passei a enxergar o céu como um lugar onde encontramos aqueles que tocamos na Terra e aonde vamos para vê-los de novo. Mas reconheço que essa é somente a minha visão. Existem muitas outras, muitas definições religiosas diferentes, e todas devem ser respeitadas.

Assim, este romance – e sua versão da vida após a morte – é um anseio, não um dogma; é um desejo de que pessoas queridas, como tio Eddie, encontrem a paz que não tiveram na Terra e percebam quão profundamente afetamos uns aos outros, todos os dias desta preciosa vida.

Fim

Esta história é sobre uma mulher chamada Annie. Ela começa pelo fim, com Annie caindo do céu. Como era jovem, Annie jamais pensava em finais. Jamais pensava no céu. Mas todos os fins são também começos.

E o céu está sempre pensando em nós.

Na época em que morreu, Annie era alta e magra, com longos cabelos cacheados cor de caramelo, cotovelos e ombros ossudos e uma pele que se avermelhava ao redor do pescoço quando ela ficava sem graça. Tinha olhos reluzentes, de um tom claro de verde-oliva, e um rosto oval que os colegas de trabalho descreviam como "bonito assim que você passa a conhecê-la".

Enfermeira, Annie usava roupa azul e tênis de corrida cinza para trabalhar num hospital das proximidades. E seria nesse hospital que ela deixaria este mundo – depois de um trágico acidente – um mês antes de completar 31 anos.

Você pode dizer que ela era "jovem demais" para morrer. Mas o que é ser jovem demais para uma vida? Quando criança, Annie foi poupada da morte uma vez, em outro acidente trágico, num lugar chamado Ruby Pier, um parque de diversões à beira de um grande oceano cinzento. Algumas pessoas disseram que sua sobrevivência foi um "milagre".

Assim, talvez ela fosse mais velha do que deveria.

"Estamos aqui reunidos..."

Se você soubesse que está prestes a morrer, como passaria suas últimas horas? Annie, que não sabia, passou as dela se casando.

O nome do seu noivo era Paulo. Tinha olhos azul-claros, cor de água de piscina, e uma densa cabeleira quase toda preta. Ela o conheceu no ensino fundamental, brincando de pular carniça na aula de educação física. Annie era aluna nova, tímida e reservada. Enquanto baixava a cabeça para se colocar na posição da brincadeira, repetia para si mesma: *Eu queria sumir daqui.*

Então as mãos de um menino empurraram seus ombros para baixo e ele pousou na frente dela feito um pacote largado no chão.

– Oi, eu sou o Paulo – disse ele, sorrindo, com uma mecha de cabelo caindo na testa.

E de repente Annie não queria ir a lugar nenhum.

"Você, Annie, aceita este homem..."

Restando catorze horas de vida, Annie fez seus votos nupciais. Ela e Paulo estavam sob um toldo, perto de um lago cor de mirtilo. Tinham perdido contato na adolescência e só haviam se reencontrado recentemente. Os anos que Annie passou longe dele foram difíceis. Ela sofreu muitas perdas. Viveu relacionamentos ruins. Chegou a acreditar que nunca mais amaria um homem e que certamente jamais se casaria.

Mas ali estavam eles. Annie e Paulo. Assentiram para o pastor. Seguraram as mãos um do outro. Annie vestia branco, Paulo vestia preto, e a pele dos dois estava bronzeada devido às horas sob o sol. Quando se virou para olhar o futuro marido, Annie viu um balão de ar quente flutuando acima do crepúsculo. *Que lindo!*, pensou.

Então se concentrou no riso de Paulo, largo como o horizonte. Ela deu uma gargalhada nervosa enquanto ele tentava colocar a aliança. Quando Annie levantou o dedo, todo mundo gritou: "Parabéns!"

Restavam treze horas. Os dois caminharam pelo corredor entre os bancos, de braços dados; um casal recém-casado com todo o tempo do mundo. Enquanto afastava as lágrimas, Annie viu um velho na última fileira que usava boné de pano e ria, com o maxilar inferior proeminente. Annie sentiu que o conhecia.

– Paulo – sussurrou ela –, quem é aquele homem...

Mas alguém a interrompeu:

– Você está *tão* linda!

Era uma prima adolescente de Paulo com aparelho nos dentes. Annie sorriu e respondeu apenas mexendo os lábios, sem som:

– Obrigada.

Quando olhou de novo, o velho tinha sumido.

Restando doze horas de vida, Annie e Paulo foram para a pista de dança, sob um varal de lâmpadas brancas. Paulo levantou o braço e disse:
– Pronta?

E Annie se lembrou de uma festa no ginásio da escola, no final do ensino fundamental, em que foi até Paulo e disse:
– Você é o único garoto que fala comigo, então me diga se quer dançar. Se não quiser, eu vou para casa ver TV e pronto.

Ele sorriu para ela como sorria agora, e os dois se encaixaram como peças de um quebra-cabeça.

Um fotógrafo saltou na frente deles e gritou:
– Olhe para cá, casal feliz!

Instintivamente, Annie escondeu a mão esquerda atrás das costas de Paulo, a mão que ainda tinha cicatrizes do acidente que acontecera mais de vinte anos antes.
– Lindo! – disse o fotógrafo.

Restavam onze horas. Annie se apoiou no braço de Paulo e olhou o salão de baile ao redor. A comemoração ia esmorecendo. Havia pedaços de bolo espalhados pelo chão e sapatos altos de mulheres escondidos debaixo das mesas. Era um evento pequeno (Annie não tinha muitos parentes), e ela havia conversado com quase todos os convidados, muitos dos quais tinham dito coisas como "Vamos nos ver mais vezes!".

Paulo se virou para Annie:
– Olha, fiz uma coisa para você.

Annie sorriu. Ele vivia fazendo presentinhos para ela. Pequenas esculturas de madeira. Badulaques. Paulo aprendera a esculpir e pintar na Itália, para onde sua família tinha se mudado quando ele era adolescente. Na época, Annie achou que nunca mais o veria, mas anos depois, trabalhando como enfermeira, passou por uma ala do hospital em construção e ali estava ele, trabalhando como marceneiro.

– Ei, eu conheço você! – exclamou ele. – Você é a Annie!

Dez meses depois, estavam noivos.

No princípio, Annie ficou feliz. Mas à medida que o casamento se aproximava, sua ansiedade crescia. Começou a perder o sono.

– Sempre que planejo coisas, elas não acontecem – disse a Paulo.

Ele a abraçou e lembrou que ela não tinha "planejado" esbarrar com ele naquele dia no hospital, certo?

Annie levantou as sobrancelhas.

– Como você pode saber?

Paulo riu.

– Essa é a Annie com quem vou casar!

Mas a preocupação permaneceu.

– Aqui está – disse Paulo, entregando-lhe um objeto pequeno, amarelo, macio e peludo, com orelhas ovais em cima e pés ovais embaixo.

– Um coelho? – perguntou Annie.

– Ahã.

– Feito com limpadores de cachimbo?

– É.

– Onde você arranjou isto?

– Eu fiz. Por quê?

Annie se sentiu subitamente desconfortável. Olhou para o outro lado do salão e viu o velho de antes. Ele tinha queixo largo e suíças brancas, e usava um terno que já estava fora de moda havia uns trinta anos. Mas foi a pele que atraiu sua atenção; era estranha, quase radiante.

De onde eu conheço esse homem?

– Não gostou?

– O quê?

– Do coelho.

– Ah. Sim. Adorei.

– Sim – repetiu Paulo, como se estivesse refletindo. – Hoje estamos dizendo "sim" um bocado de vezes.

Annie sorriu e acariciou a pequena escultura. Mas um frio atravessou seu corpo.

Annie segurava um coelho feito com limpadores de cachimbo – como o que Paulo lhe deu – no dia do acidente fatídico. Um presente do velho que ela agora via em seu casamento, um homem do qual não conseguia se lembrar.

Um homem que havia morrido mais de vinte anos antes.

Seu nome era Eddie. Ele trabalhava no Ruby Pier, consertando os brinquedos do parque de diversões. Lubrificava os trilhos, apertava os parafusos e andava continuamente pelo parque, observando e prestando atenção em qualquer problema. Tinha sempre limpadores de cachimbo no bolso da camisa, para fazer brinquedos para as crianças menores.

No dia do acidente, Annie tinha sido deixada sozinha pela mãe, que estava se divertindo no parque com o novo namorado. Eddie olhava para o mar quando Annie se aproximou, usando um short jeans curtinho e uma camiseta verde-limão com um pato de desenho animado na frente.

– Dá liceeeença, Senhor Eddie da Manutenção? – disse ela, lendo o aplique na camisa dele.
– Eu mesmo. – Ele suspirou.
– Eddie?
– Hum?
– O senhor pode fazer pra mim...
Ela juntou as mãos como se rezasse.
– Anda, menina. Não tenho o dia inteiro.
– O senhor faz um bichinho pra mim? Faz?
Eddie levantou os olhos com ar brincalhão, como se precisasse pensar. Depois pegou os limpadores de cachimbo amarelos e fez um coelhinho – exatamente igual ao que Paulo tinha acabado de lhe dar.
– Muuuito obrigada! – disse ela.
Doze minutos depois, Eddie estava morto.

O incidente fatal aconteceu quando um carro se soltou de uma torre de queda livre chamada Cabum do Freddy, a 60 metros do chão. O carro ficou pendurado feito uma folha meio morta enquanto os ocupantes do brinquedo eram retirados em segurança. Olhando a cena de baixo, Eddie percebeu que um cabo estava esgarçado. Se ele se partisse, o carro despencaria.
– PARA TRÁS! – gritou.
A multidão embaixo se espalhou, em pânico.
Mas, na confusão, Annie correu para o lado errado. Encolheu-se na base da torre, apavorada demais para sair dali. O carro despencou. Teria esmagado Annie se, no último instante, Eddie não tivesse se jogado na plataforma e a empurrado para longe. Então o carro caiu em cima dele.

Tirou a vida de Eddie.

Mas também arrancou um pedaço de Annie. A mão esquerda. Um pedaço de metal se soltou com o impacto e decepou sua mão. Alguns funcionários que pensaram rápido puseram a mão ensanguentada no gelo e os paramédicos levaram Annie correndo para o hospital, onde cirurgiões trabalharam durante horas para consertar os tendões, os nervos e as artérias, enxertando pele e usando placas e parafusos para juntar a mão ao pulso novamente.

O acidente virou notícia em todo o estado. Jornalistas chamaram Annie de "O Pequeno Milagre do Ruby Pier". Estranhos rezaram por ela. Alguns até tentaram encontrá-la, como se, por ter sido salva, ela guardasse o segredo da imortalidade.

Mas Annie, com apenas 8 anos, não se lembrava de nada. O choque dos acontecimentos apagou sua memória, como uma chama extinta por um vento forte. Até hoje, suas recordações não passavam de flashes, imagens e a sensação de que estava contente no dia em que foi ao Ruby Pier e nem um pouco contente quando voltou para casa. Os médicos usaram palavras como *repressão consciente* e *transtorno de estresse pós-traumático*, sem saber que certas lembranças pertencem a este mundo e algumas só voltam no outro.

Mas uma vida tinha sido trocada por outra.

O céu está sempre observando.

– *Boa sorte!... E que Deus os abençoe!*

Annie e Paulo correram até a limusine que os esperava, desviando da chuva de arroz jogada de copos de papel. Paulo abriu a porta e Annie entrou, o vestido arrastando no chão atrás dela.

– Iu-huuu! – fez Paulo, deslizando para o lado da esposa.

O motorista se virou. Tinha bigode, olhos castanhos e dentes manchados de tabaco.

– Parabéns, pessoal.

– Obrigado! – responderam os dois ao mesmo tempo.

Annie ouviu uma batida no vidro; seu tio Dennis estava acenando com um charuto na boca.

– Ei, vocês dois – disse ele enquanto Annie baixava a janela. – Sejam bonzinhos. Tenham cuidado. Sejam felizes.

– Não dá para fazer as três coisas – respondeu Paulo.

Dennis gargalhou.

– Então só sejam felizes.

Ele segurou os dedos de Annie e ela sentiu os olhos úmidos. Dennis era irmão de sua mãe e um cirurgião respeitado no hospital onde Annie trabalhava. Depois de Paulo, era seu homem predileto no mundo. Careca, barrigudo e de riso fácil, Dennis sempre fora mais pai para Annie do que seu pai de verdade, que se chamava Jerry e tinha ido embora quando ela era pequena.

– Obrigada, tio Dennis.

– Pelo quê?

– Por tudo.

– Sua mãe adoraria isso.

– Eu sei.

– Ela está olhando para você agora.

– Você acha?

– Acho. – Ele sorriu. – Annie. Você está casada.

– Estou casada.

Ele deu um tapinha na cabeça dela.

– Vida nova, garota.

Restavam dez horas.

Nenhuma história acontece sozinha. Nossas vidas se conectam como fios num tear, entrelaçando-se de maneiras que nunca percebemos.

No mesmo instante em que Annie e Paulo dançavam no casamento, a 60 quilômetros dali um homem chamado Tolbert estava indo pegar as chaves de seu carro. De repente, lembrou-se de que a picape estava sem combustível e, sabendo que seria difícil achar um posto aberto àquela hora, resolveu pegar o carro da esposa, um veículo pequeno e quadrado, com um pneu meio vazio. Saiu de casa sem trancar a porta e olhou para as nuvens que listravam a lua de cinza.

Se ele tivesse saído na picape, esta história seria diferente. Se Annie e Paulo não tivessem parado para uma última rodada de fotografias, esta história seria diferente. Se o motorista da limusine tivesse voltado para pegar a sacola que estava perto da porta antes de sair do salão, esta história seria diferente. A narrativa da nossa vida é escrita segundo a segundo, tão impermanente quanto um risco de lápis é para uma borracha.

– *Mas nós vamos nos casaaaar!* – cantava Paulo, e Annie riu porque ele esqueceu o resto da letra.

Dentro da limusine, ela se recostou no peito dele, puxando seus braços fortes para que a envolvessem. Na vida, existem alguns toques que identificam a pessoa que faz o contato, mesmo que estejamos de olhos fechados. Para Annie, esse toque especial era o das mãos de Paulo em seus ombros – como havia sido tantos anos antes, naquela brincadeira de pular carniça.

Como era agora.

Annie viu a aliança de ouro no dedo dele e deu um suspiro

profundo de satisfação. Tinham conseguido. Estavam casados. Podia parar de temer que alguma coisa inesperada descarrilasse tudo.

– Estou feliz de verdade – disse.

– Eu também – respondeu Paulo.

A limusine partiu. Pela janela, Annie acenou enquanto os convidados batiam palmas e faziam sinal de positivo. A última pessoa que ela viu foi o velho com boné de pano, acenando de volta quase mecanicamente.

Você já deve ter ouvido a expressão "céu na terra". Ela nos faz pensar em momentos especiais, como a despedida feliz de uma festa de casamento. Mas "céu na terra" pode significar outra coisa; uma coisa que estava acontecendo com Annie naquele instante, enquanto o velho – Eddie, do Ruby Pier – sumia de vista.

Quando a morte está próxima, os véus entre este mundo e o outro se abrem. Céu e Terra se sobrepõem. Quando isso acontece, é possível vislumbrar algumas almas que já partiram.

Você pode vê-las esperando sua chegada.

E elas podem ver você chegando.

Restavam nove horas. A noite se tornou nevoenta e a chuva começou a cair. O motorista ligou os limpadores de para-brisa. Enquanto as paletas oscilavam para um lado e para o outro, Annie pensava no que viria pela frente. Primeiro a lua de mel, uma viagem longamente planejada ao Alasca, para ver a aurora boreal. Paulo era obcecado por isso. Tinha mostrado centenas de fotos a Annie e, provocando-a, testava se ela sabia qual era a origem do fenômeno.

– Eu sei, eu sei. – Annie de fato sabia de cor. – Partículas do Sol são sopradas na direção da Terra. Levam dois dias para chegar. E batem na nossa atmosfera no ponto mais vulnerável, no...

– No topo do mundo – completava Paulo, empolgado.

– No topo do mundo.

– Muito bem. Você passou no teste.

Depois do Alasca, uma vida nova os esperava. Paulo e Annie tinham se filiado a uma organização que levava água para povoados pobres e assinado um contrato de trabalho de um ano. Esse era um grande salto para Annie, que nunca havia saído do país. Seus conhecimentos de enfermagem poderiam ser bem utilizados. E Paulo acreditava na caridade, frequentemente construindo coisas de graça (seus amigos brincavam dizendo que "ele estava tentando ganhar uma medalha de honra ao mérito todos os dias"). Isso fazia Annie sorrir. Ela fizera muitas escolhas ruins em relação aos homens. Mas Paulo... Finalmente, um parceiro que lhe dava orgulho.

– Mal posso esperar – disse Annie – para ir ao...

A limusine virou bruscamente para o lado e perdeu a saída da pista.

– Droga! – exclamou o motorista, olhando pelo retrovisor. – O cara não me deixou entrar.

– Tudo bem – disse Paulo.

– Vou pegar a próxima...

– Tudo bem.

– Normalmente eu ando com o GPS...

– Não faz m...

– ... mas deixei em casa...

– Não se preocupe.

– Aquele cara veio rápido demais...
– Sério, está tudo bem – disse Paulo, apertando a mão de Annie.
– Estamos curtindo o passeio.

Ele sorriu para a esposa e ela sorriu de volta, sem ter ideia de como o mundo tinha acabado de mudar.

Enquanto a limusine fazia o retorno para pegar a autoestrada, Annie notou algumas luzes piscando à frente. Um veículo pequeno e quadrado estava parado no acostamento, com um homem agachado junto dele, totalmente encharcado. Quando a limusine se aproximou, o estranho se levantou e acenou.

– A gente deveria parar – disse Annie.
– Você acha? – perguntou Paulo.
– Ele está encharcado. Precisa de ajuda.
– Ele vai ficar bem...
– Senhor, pode parar? – pediu Annie.

O motorista parou na frente do carro enguiçado. Annie olhou para Paulo.

– Podemos começar nossa vida de casados com um ato de gentileza – disse ela.
– Pode dar sorte – concordou Paulo.
– Isso – disse Annie, apesar de se sentir tentada a acrescentar que estar casada com ele já era um golpe de sorte.

Paulo abriu a porta. A chuva batia com força no asfalto.
– Ei, meu chapa! – gritou Paulo. – Problemas?

O homem assentiu enquanto Paulo se aproximava.
– É o carro da minha esposa – explicou o homem. – O pneu está vazio. E, claro, ela não tem um macaco no porta-malas. Você tem?

– Uma esposa?
– Um macaco.
– Estou brincando.
– Ah.
A chuva escorria pelo rosto dos dois.
– Aposto que na limusine tem.
– Seria ótimo.
– Só um segundo.
Paulo correu até o porta-malas da limusine, sorrindo para Annie e fazendo movimentos exagerados com os braços, como se estivesse correndo em câmera lenta. O motorista apertou um botão, o porta-malas se abriu, Paulo encontrou o macaco hidráulico e correu de volta para o sujeito com problemas.
– Muito obrigado – disse o homem. – Esposas, sabe como é.
– Bem, não sou especialista.

Restavam oito horas. Annie olhava pelo vidro de trás enquanto Paulo e Tolbert limpavam as mãos num pano velho. O pneu tinha sido trocado. Os dois conversavam na chuva.

Annie mexeu na aliança. Viu os homens rindo. Paulo então se virou para Annie e levantou o braço do estranho, sinalizando que os dois eram campeões. Por um momento ela ficou pasma com sua sorte: um marido tão lindo que quase reluzia no smoking molhado.

Então percebeu que o brilho não vinha de Paulo, mas do farol de um carro que vinha em alta velocidade atrás dele, iluminando sua silhueta. Annie sentiu uma onda de pânico. Gritou o nome dele. Mas Tolbert agarrou o braço de Paulo e o puxou para o lado.

O carro passou voando por eles.

Annie relaxou o corpo no banco.

– Ei, olha isso – disse Paulo, entrando no carro todo molhado e mostrando a ela um cartão de visita. – O cara trabalha com balões de ar quente...

Annie agarrou o marido.

– Ah, meu Deus! – murmurou, entre beijos nas bochechas molhadas, no cabelo encharcado e na testa dele. – Achei que aquele carro fosse atropelar você.

– É, ele estava correndo muito. Ainda bem que aquele cara... – Paulo viu o alívio de Annie e segurou o rosto dela. – Ei, Annie. Ei. – Franziu os olhos, como se espiasse dentro dela. – Estou bem. Não foi nada. Não vai acontecer nada comigo. Nós acabamos de *casar*.

Lágrimas encheram os olhos de Annie.

– Vamos para o hotel – sussurrou ela.

– Para o hotel! – anunciou Paulo ao motorista.

O carro partiu.

Você sabe o que provoca o vento? O encontro da alta pressão com a baixa pressão. O calor encontrando o frio. Mudança. A mudança provoca o vento. E quanto maior a mudança, maior a força do vento.

A vida é mais ou menos assim. Uma mudança provoca outra. Depois do pneu vazio, o balonista chamado Tolbert, preocupado com a ideia de dirigir na estrada com um estepe, mudou de planos e voltou para casa em vez de ir para o trabalho antes do nascer do sol, como normalmente fazia nos fins de semana. Ligou para seu piloto assistente e disse:

– Cuide de tudo até o meio-dia, está bem?

Esse assistente, um rapaz barbudo chamado Teddy, também mudou de planos e respondeu, sonolento:

– Sem problemas.

Fez café e se vestiu para ir trabalhar.

Annie e Paulo, depois de tirarem as roupas molhadas e compartilharem uma cama pela primeira vez como marido e mulher, mudaram de planos enquanto os primeiros raios de sol começavam a aparecer do outro lado das cortinas do quarto de hotel. Annie acariciou o cabelo de Paulo quando ele se acomodou no travesseiro.

– Nossa, estou exausto!

Mas Annie não queria que aquele dia terminasse.

– Se não dormimos, tecnicamente ainda é a noite de núpcias, não é?

– Acho que sim.

– Nesse caso...

Ela se inclinou por cima dele e pegou o cartão de visita na mesa de cabeceira.

– Que tal um passeio de balão? – sugeriu.

– Nãããão...

– Siiiiim...

– Não-não-não...

– Sim-sim-sim...

– Annie, que loucura é essa?

– Eu sei. Não é muito a minha cara. Mas eu vi um balão enquanto fazíamos os votos. Talvez fosse um sinal. O cartão diz "passeios ao nascer do sol".

– É, mas...
– Por favooooor...
– Está bem. – Paulo fechou os olhos com força e depois abriu.
– Sim!

Annie pegou o telefone. Seu último telefonema antes de morrer começou assim:

– Oi, vocês vão voar hoje?

Restavam cinco horas. Usando casacos leves por causa do frio da manhã, Annie e Paulo se deram as mãos perto de um grande cesto de passageiros no meio de um campo coberto de capim. Tudo parecia uma sequência de acasos felizes: um cartão de visitas, um telefonema, um piloto chamado Teddy, um local de embarque perto do hotel. *Que história maravilhosa para contar no futuro!*, pensou Annie. *Uma noite de núpcias que terminou nas nuvens.*

Uma pequena equipe levou queimadores de propano para aquecer o ar dentro do balão. Em minutos ele começou a se erguer, como um gigante bocejando ao acordar. À medida que o envelope se enchia até virar uma pera enorme, Annie e Paulo, encostados um no outro, encantavam-se com aquela aeronave silenciosa que as levaria para o céu.

Naquele momento, eles não tinham como saber algumas coisas: que Teddy era um piloto novato ansioso para mostrar serviço; que ele tinha concordado em levá-los para o passeio apesar da previsão do tempo não muito favorável porque eram recém-casados; que recém-casados eram clientes muito lucrativos no mundo do balonismo; que Teddy achava que se esses recém-casados contassem a outros, seria bom para os negócios.

E se era bom para os negócios, era bom para ele.

– Prontos para partir? – perguntou Teddy.
Em seguida, fez Annie e Paulo entrarem no cesto. Fechou a portinhola e, depois de soltar os cabos, disparou um jato de fogo do queimador.
O balão saiu do chão.

~

– Ah, meu Deus! – maravilhou-se Annie quarenta minutos depois, flutuando acima de pastos enormes e vazios. – É inacreditável.
Paulo segurou a borda do cesto.
– Por que as pessoas falam "inacreditável" sobre uma coisa que acabou de acontecer? Isso não faz com que seja acreditável?
Annie riu.
– Certo, gênio.
– Só estou dizendo...
Um sopro de vento súbito acertou o balão, fazendo-o dar uma forte guinada para oeste.
– Epa – disse Teddy.
– Epa? – perguntou Paulo.
– Não é nada – respondeu Teddy, olhando as nuvens. – O vento está aumentando. Vou descer um pouco.
Ele puxou uma válvula, cortando o ar quente e fazendo com que descessem. Alguns minutos depois, com o céu escurecendo, outro vento forte os empurrou ainda mais para oeste. Annie notou que estavam se aproximando das árvores.
– É tecnicamente possível guiar um balão? – perguntou Paulo. – Não estou criticando nem nada, mas...
– Só para cima e para baixo – respondeu Teddy, com a mão no queimador de propano. – Estamos bem. Não se preocupe.

Continuaram indo para oeste. O vento aumentou. As nuvens ficaram mais densas. Teddy acionou uma abertura de ventilação, fazendo o ar quente escapar e o balão descer ainda mais, para evitar o vento mais forte lá em cima. Um piloto mais experiente saberia que isso poderia aumentar o risco de colisão com a copa das árvores e que, nessa situação, ficar no alto seria a opção mais segura. Porém, o piloto mais experiente era Tolbert, que naquele momento estava numa oficina mecânica trocando o pneu do carro.

De repente, as árvores ficaram muito próximas.

– Tudo bem, está tudo sob controle – disse Teddy. – Mas seria bom vocês se abaixarem, para o caso de esbarrarmos num galho.

Então, à medida que a floresta chegava mais perto, sua voz se intensificava.

– Abaixem-se!

Annie e Paulo se abaixaram dentro do cesto. O fundo do balão bateu em alguns galhos altos e os três caíram para o lado.

– Fiquem abaixados! – gritou Teddy de novo. – Vou pousar!

Ele abriu mais a ventilação, provocando um chiado alto. Ao olhar para cima, Annie viu alguma coisa escura e horizontal através do emaranhado de folhas.

Cabos de eletricidade.

O cesto bateu nos fios e empurrou um cabo contra outro. Annie ouviu uma série de estalos. Viu um clarão ofuscante. Fagulhas explodiram e os joelhos de Teddy se dobraram. O cesto caiu rapidamente. Teddy gritou, Annie gritou, Paulo gritou, e então tudo estava girando e Annie não conseguia enxergar direito: árvores, céu, chão, um braço, uma corda, céu, sapatos, fogo.

Foram jogados de um lado para outro, e o cesto bateu na terra. Annie viu chamas, céu, cordas, Paulo, cotovelo, jeans, céu, depois viu Teddy desaparecendo por cima da borda do cesto, e o balão começou a subir de novo, inflado pelo ar quente do fogo de propano.

De repente, sentiu os braços de Paulo nas suas costelas.
– Pule, Annie!
Ela olhou para o marido por um instante, mas, antes que pudesse dizer o nome dele, Paulo a jogou para fora do cesto. E então ela estava caindo, caindo, e... *Pou!* Bateu de costas no chão.

Sua visão se encheu de estrelas, um milhão de luzes minúsculas bloqueando o sol. Quando seus olhos finalmente encontraram foco, viu, horrorizada, o balão explodir em chamas e alguma coisa que caía em sua direção, ficando maior à medida que se aproximava, os braços balançando loucamente.

Então Paulo, seu marido há poucas horas, desabou no chão.
Annie gritou.

Na vertiginosa hora que se seguiu, uma frase se agarrou nela como uma âncora: *Isso é minha culpa*. Através da ambulância, das sirenes, dos médicos, do hospital, da sala de emergência, das portas que se escancaravam com a pancada da maca de metal, a frase não a deixava. *Isso é minha culpa*. Através dos corpos agitados, das máquinas soltando bipes e de seu tio Dennis com roupas hospitalares abraçando-a com força, Annie só pensava nessa frase enquanto suas lágrimas deixavam uma mancha molhada no tecido verde-claro.

Isso é minha culpa.
Fui eu que dei a ideia de voar.
Eu fiz isso.
Eu arruinei tudo.

A queda a tinha deixado dolorida e cheia de hematomas, mas Paulo, que caiu de 12 metros de altura, tinha quebrado ossos, rompido tendões e danificado vários órgãos vitais. As pernas, a pélvis, o maxilar e o ombro direito estavam fraturados devido à força da pancada, mas foram os pulmões que sofreram o maior estrago: estavam lacerados e sangrando por causa do esmagamento da caixa torácica. Um tubo de respiração artificial o mantinha vivo, e os exames de imagem mostravam que seus pulmões não suportariam fazer o trabalho sozinhos. Paulo precisaria de um pulmão novo para sobreviver. Os médicos discutiam aos sussurros sobre registros nacionais, listas de transplantes e quem poderia ser chamado tão em cima da hora. Foi então que Annie, entorpecida durante toda a conversa, falou abruptamente:

– Peguem o meu.

– O quê?

– Meu pulmão. Vocês precisam pegá-lo.

– Annie, essa opção não existe...

– Existe, sim. Isso pode salvá-lo.

Seguiu-se um debate rápido enquanto seu tio e outras pessoas tentavam convencer Annie de que aquilo era errado. Mas ela estava gritando, decidida, e, como enfermeira, conhecia os requisitos mínimos para um transplante, como a compatibilidade do tipo sanguíneo (Annie e Paulo tinham o mesmo) e o tamanho relativo dos corpos (os dois eram da mesma altura). Através da porta da sala de cirurgia, ela olhava para Paulo, cercado por máquinas e enfermeiros. Paulo, que havia salvado sua vida. Paulo, que estava morrendo por sua causa.

– Annie, é muito arriscado...

– Não me importo...

– Pode dar errado.

– Não me importo!

– Ele está mal. Mesmo que tenhamos sucesso no transplante, talvez ele não...

– O quê?

– ... sobreviva.

Annie engoliu em seco.

– Se ele não viver, não quero viver também.

– Não diga isso...

– É sério! Por favor, tio Dennis!

Ela chorou tanto que chegou a achar que não lhe restavam mais lágrimas. Mas se lembrava de como ela e Paulo se sentiam felizes duas horas antes. Duas horas? Como a vida podia mudar daquele jeito em apenas duas horas? Repetiu o que Paulo tinha dito na limusine, as palavras que ele havia usado para tranquilizá-la.

"Nós acabamos de *casar*..."

Todo o seu corpo estremeceu, e Dennis soltou o ar como se tivesse levado um soco no estômago. Ele se virou para o cirurgião-chefe, que usava uma máscara de tecido sobre a boca. Disse um nome que os dois conheciam, o principal especialista em transplantes do hospital.

– Vou telefonar – disse o cirurgião-chefe.

O resto se desenrolou como uma chuva soprada pelo vento. Os monitores sinalizando, as rodas da maca, o algodão embebido em álcool, as agulhas, os tubos. Annie ignorou tudo isso, como se houvesse uma casca em volta dela. No meio de uma grande crise, uma pequena crença pode ser a salvação. A de Annie era esta: ela acreditava que podia salvar o marido. Podia compensar seu erro. *Um pulmão para cada um. Nós compartilharemos.* Concentrou-se nisso intensamente, como um minerador preso num túnel se concentra num facho de luz.

Deitada na mesa de cirurgia, rezou. *Permita que ele viva, Deus. Por favor, permita que ele viva.* Sentiu a anestesia fazendo efeito, o corpo amolecendo, os olhos se fechando. Sua última lembrança

consciente foi a de duas mãos em seus ombros, empurrando-a gentilmente para baixo, e uma voz de homem dizendo:
– Vejo você daqui a pouco.

Em seguida, o mundo girou e escureceu, como se Annie estivesse sendo baixada para dentro de uma caverna. Além da escuridão, ela viu uma coisa estranha. O velho do casamento correndo para ela de braços estendidos.

Então tudo ficou branco.

Annie comete um erro

Ela tem 2 anos e está sentada numa cadeira alta. À sua frente há um copo verde com suco de maçã.
– Jerry, olhe – *diz a mãe, tirando a tampa do copo.* – Ela consegue beber pelo canudinho.
– Noooossa – *murmura o pai.*
– Crianças da idade dela não conseguem.
– Estou ocupado, Lorraine.
– Lendo um jornal.
– Isso mesmo.
Annie se sacode na cadeira.
– Ela quer a sua atenção.
– Já disse que estou ocupado.
– Ela consegue usar o canudinho.
– Eu ouvi da primeira vez.
– Por favor, Jerry! Só vai demorar...
– Chega! Preciso sair.
Ele bate com o jornal na mesa. Annie ouve o barulho da cadeira sendo empurrada para trás.
– Bem – *diz a mãe* –, vamos treinar para mostrar a ele da próxima vez, está bem?
Ela toca o rosto macio de Annie. E a menina, feliz com a atenção, balança a mão e derruba o copo. O suco se derrama para todo lado. Annie começa a chorar.
– O que você fez com ela? – *grita Jerry, do corredor.*
– Nada!
– Não parece.

A mãe pega uma toalha de papel e enxuga o suco.

– Tudo bem, querida – sussurra para Annie. – Foi só um acidente.

Beija o rosto de Annie. Quando a porta da frente bate, ela baixa os olhos.

– Foi só um acidente – repete. – Já passou.

A viagem

Normalmente, quando despertamos do sono, abrimos os olhos e tudo se reajusta. O mundo de sonho desaparece; o mundo real toma seu lugar.

Mas aquilo não era sonho, e o que aconteceu em seguida com Annie foi diferente de todos os seus despertares anteriores. Seus olhos não se abriram, e no entanto ela enxergava com clareza.

E estava se movendo.

O chão parecia ceder embaixo de seus pés e passar numa velocidade estonteante, mas não havia atrito algum, como um elevador de vidro catapultado para o espaço. Ela acelerava através de cores de todos os tons: lilás, verde-limão, verde-abacate.

Não sentia ventar, mas *escutava* o vento. Rajadas cada vez mais fortes pareciam vir na direção dela, mas logo depois se afastavam, como se sugadas por um túnel, como um intenso movimento de inalação e exalação. Estranhamente, isso não a preocupou. Na verdade, Annie não sentia preocupação nenhuma. Sentia-se quase sem peso e tão livre de dor quanto uma criança.

Então alguma coisa a atravessou, algo tão estranho que ela não encontrava palavras para definir. Cada pedaço de seu corpo parecia mal ajustado, como se os braços e as pernas tivessem se alongado e a cabeça estivesse presa num pescoço novo. E por sua mente relampejavam imagens que nunca haviam estado ali: o interior de uma casa, rostos numa sala de aula, vislumbres de algum lugar no interior da Itália.

Então, com a mesma rapidez, ela estava de volta à própria consciência, com as cores novamente passando a toda a velocidade: turquesa, amarelo, salmão, vinho. Tentou seguir o caminho de uma ideia específica, algo sobre Paulo – *Paulo está ferido? Paulo precisa de mim?* –, mas era como se nadasse contra a corrente de memórias. Um balão. Um incêndio. Uma pancada. Um hospital.

– Pode dar sorte.
Paulo está vivo?
– Nós acabamos de casar.
Eu o salvei?
– Vejo você daqui a pouco...
Onde estou?

Annie comete um erro

Está com 4 anos. Sentada à mesa de jantar. Seus pais estão brigando. Ela brinca com o garfo.
 – Não acredito em você – diz a mãe.
 – Simplesmente aconteceu – reage o pai.
 – Posso chupar um picolé? – pergunta Annie.
 – Vai brincar, Annie – murmura a mãe.
 – Vai brincar – repete o pai.
 – Mas eu posso chupar um picolé?
 – Annie!
A mãe esfrega a testa.
 – O que a gente vai fazer?
 – A gente não precisa fazer nada.
 – Como na última vez? Ou nas outras vezes?
 – Papai...?
 – Meu Deus, Annie! – grita o pai. – Cala a boca!
Annie baixa a cabeça. A mãe se levanta e se afasta depressa pelo corredor.
 – Ah, fantástico! Agora você foge – diz o pai, indo atrás dela. – O que você quer de mim?
 – Quero que você lembre que é casado! – grita ela.
Annie, agora sozinha, desce da cadeira. Vai na ponta dos pés até o freezer. Puxa a maçaneta. Com um plec, a porta se abre.
O ar é gelado. Mas ali está a caixa de picolés. Ela quer um. Sabe que não deve. Vê duas barras de chocolate congeladas na prateleira de baixo. Seus pais gostam de chocolate. Pega

uma para levar para eles. Talvez parem de brigar. Talvez deixem que ela pegue um picolé.

Dá um passo para trás olhando a porta do freezer se fechar – e é puxada violentamente por mãos grandes.

– Sua pirralha idiota! – *rosna o pai, e a barra de chocolate cai no chão.* – Eu já disse para não fazer isso!

Annie sente um tapa no rosto, seus olhos se fecham e o mundo fica preto. Outro tapa. Lágrimas escorrem. Outro. Ela chora tão alto que os ouvidos doem.

– Pare com isso, Jerry! – *berra a mãe.*

– Quando eu digo que não, é não!

– Pare!

Outro tapa. Annie está ficando tonta.

– JERRY!

Ele a solta, e Annie desmorona. Seus pais gritam enquanto ela soluça no chão. Ouve passos se aproximando. Então a mãe está acima dela, bloqueando a luz.

Na manhã seguinte, o pai vai embora de casa, batendo a porta ao sair. Annie sabe por que ele está indo. Porque ela queria o picolé. É por isso que ele está indo embora.

A chegada

Azul. Tudo era azul. Um único tom, envolvendo Annie como se ela tivesse sido pintada daquela cor. Sentia-se tremendamente leve e estranhamente curiosa.
Onde estou?
O que aconteceu?
Cadê o Paulo?
Não conseguia ver nenhuma parte de si mesma. O azul era como um cobertor que envolvia tudo, à exceção de seus olhos. De repente, uma poltrona grande apareceu à sua frente, flutuando mais ou menos na altura do peito, com uma almofada de couro marrom e uma barra prateada acima do encosto. Parecia algo saído de um avião ou um ônibus.
Instintivamente, Annie foi tocar naquilo – e ficou chocada ao ver sua mão direita flutuando à frente, sem estar conectada a qualquer outra coisa. Não havia pulso. Nem antebraço. Nem cotovelo. Nem ombro. Percebeu que o azul não estava cobrindo seu corpo. Ela *não tinha* corpo. Nenhuma parte do meio ou de baixo. Nem barriga, coxas ou pés.
O que é isso?
Cadê o resto de mim?
O que estou fazendo aqui?
Então o azul ao redor foi embora, desfazendo-se como água com sabão sendo enxaguada de um copo de vidro. Agora havia

montanhas cobertas de neve à esquerda e arranha-céus urbanos à direita. Tudo passava a toda a velocidade; ela acelerava ao mesmo tempo que permanecia imóvel. Olhou para baixo e viu trilhos passando sob seus pés. Escutou um som inconfundível.

Um apito de trem.

Ela soltou o assento e ele sumiu. Mais adiante surgiu um segundo assento. Segurou-o e ele também desapareceu. Então um novo assento se materializou, guiando-a para a frente. Por fim, chegou a uma porta de vagão com uma maçaneta de bronze ornamentada. Abriu.

Assim passou para o lado de dentro. Uma locomotiva se esboçou em volta dela, desenhada pelo lápis de um artista invisível. O teto era baixo, o piso, de metal rebitado, e havia painéis, medidores e alavancas em toda parte. Parecia um trem da década de 1950.

Que tipo de sonho é este?

Por que me sinto tão leve?

Cadê todo mundo?

Alguma coisa atraiu seu olhar. Ali adiante. No banco do maquinista. Uma cabeça pequena surgiu e desapareceu em seguida.

– Isso! – gritou uma voz jovem. – Isso!

Se fosse num sonho normal, Annie teria fugido do estranho, como acontecia frequentemente quando dormia. Mas o perigo não tinha o mesmo peso na outra vida, e Annie continuou deslizando para a frente, até estar ao lado do assento do maquinista. Olhou para baixo e viu algo muito inesperado.

Ali, ao lado do console da direção, estava um menino com pele cor de caramelo e cabelo preto, usando uma camisa listrada de mangas curtas e um coldre de revólver de brinquedo.

– Estou indo rápido demais? – perguntou ele.

Annie comete um erro

Ela está com 6 anos, vindo da escola para casa. Como sempre, está acompanhada por três crianças mais velhas: Warren Helms, de 11 anos; a irmã dele, Devon, de 9; e a outra irmã dele, Lisa, que acabou de fazer 8.
- O nome é primeira comunhão – diz Lisa.
- O que vocês fazem? – pergunta Annie.
- A gente vai à igreja, pede desculpa e come um biscoito.
- É hóstia – corrige Warren.
- E depois ganha presentes.
- Um monte de presentes – completa Devon.
- Verdade? – pergunta Annie.
- Eu ganhei uma bicicleta – responde Warren.

Annie sente inveja. Gosta de ganhar presentes. Hoje em dia, só ganha no Natal e no aniversário. Sua mãe diz que elas precisam "apertar o cinto" desde que o pai foi embora.
- Eu posso fazer comunão?
- Comunhão, imbecil.
- Você tem que ser católica. Você é católica?

Annie dá de ombros.
- Não sei.
- Se fosse católica, você saberia – diz Warren.
- Como?
- Você saberia.

Annie chuta a calçada. Sente as limitações de ser nova demais, um sentimento que ela tem frequentemente quando está na companhia dos irmãos Helms, que a levam para casa todos os dias. A maioria dos seus colegas de turma é apanhada pelas mães. Mas a mãe de Annie precisa trabalhar, por isso Annie espera na casa dos vizinhos até ela voltar.

– A casa da bruxa está chegando – diz Warren.

Eles olham em frente, para uma pequena casa marrom com calhas meio caídas e uma varanda abandonada. A tinta está descascando. A madeira está podre. Segundo boatos, uma bruxa velha mora ali e uma vez, anos antes, um garoto entrou lá e nunca mais saiu.

– Dou 5 dólares para quem bater na porta dela – desafia Warren.

– Eu, não – reage Devon.

– Eu não preciso – diz Lisa. – Vou ganhar presentes no domingo.

– É com você, Annie.

Warren tira uma nota de 5 dólares do bolso.

– Você pode comprar um monte de coisas.

Annie para. Pensa em presentes. Olha para a porta.

– Ela nem deve estar em casa – diz Warren. E balança a nota. – Cinco prataaaas.

– Quantos brinquedos eu compro com isso? – pergunta Annie.

– Um monte – responde Devon.

Annie mexe no cabelo encaracolado e olha para baixo, como quem tenta decidir. Depois solta o cabelo e vai até a varanda. Olha para os outros. Warren faz um gesto de bater.

Ela respira fundo, com o coração disparado. Pensa de novo em presentes. Então leva a mão até a porta de tela.

Antes que Annie possa bater, a porta se abre e uma mulher de cabelos brancos, vestindo roupão, está olhando para ela.

– O que você quer? – grasna a velha.

Annie não consegue se mexer. Balança a cabeça como quem

diz: nada, não quero nada. A mulher olha para além dela, para as outras crianças, que correm para longe.
— Eles mandaram você fazer isso?
Annie confirma com a cabeça.
— Não sabe falar, garota?
Annie engole em seco.
— Eu queria presentes.
A velha faz uma carranca.
— Você não deveria incomodar as pessoas.
Annie não consegue deixar de reparar no rosto da mulher, o nariz comprido e adunco, os lábios finos e rachados, os círculos arroxeados embaixo dos olhos.
— A senhora é mesmo uma bruxa?
A mulher franze os olhos.
— Não. E você, é?
Annie balança a cabeça.
— Estou doente, só isso — diz a mulher. — Agora vá embora.
A velha fecha a porta. Annie solta o ar. Vira-se e corre para alcançar os outros. Quando chega perto, repete o que a mulher disse.
— Então o trato não vale — declara Warren. — Ela não é bruxa.
Annie fica desapontada.
Ela não ganha o dinheiro.

A primeira pessoa que Annie encontra no céu

– Estou indo rápido demais?
 Annie olhou o menino de camisa listrada.
 Onde estou?
 – Não consigo ouvir.
 Onde estou?
 – Não consigo ouviiiiir!
 Eu perguntei...
 Ele deu uma risada.
 – Não consigo ouvir, sua idiota, porque você não está falando.
 Era verdade. Annie não tinha boca. As palavras que ouvia estavam na sua mente.
 – Ninguém consegue falar quando chega – disse o menino. – Isso faz a pessoa ouvir melhor. Pelo menos foi o que me disseram.
 Quem disse?
 – A primeira pessoa que eu encontrei.
 Então você consegue me ouvir?
 – O que você está pensando, sim.
 Quem é você?
 – Samir.
 Por que você está aqui?
 – Meio que preciso estar.

E onde estou?
– Ainda não sabe?
Ele apontou para a janela, para as cores que mudavam lá fora.
– No céu.
Eu morri?
– Cara, você é lerda.

∽

Os pensamentos de Annie se derramavam para todos os lados, como gotas de chuva escorrendo por uma vidraça. Tinha morrido? Estava no céu? Será que tinha sido o acidente de balão? E onde estava Paulo?
Cadê o meu corpo? Por que estou assim?
– Não sei – respondeu o menino. – Alguém na Terra estava despedaçando você?
Annie pensou no transplante.
Mais ou menos.
– Pode ser por isso. Ei. Olha só.
Ele bateu num botão. O apito do trem soou.
– Adoro isso – disse ele.
Por favor. Meu lugar não é aqui. Não era para eu ter...
– O quê?
Você sabe.
– Morrido?
É.
– Por que não? Eu morri.
Mas não era a minha hora. Não estou velha nem doente. Sou só...
– O quê?
Annie repassou sua noite de núpcias, a parada para ajudar

o motorista, que levou ao acidente com o balão, que levou ao transplante, que levou a isso.

... uma pessoa que comete erros.

– Uau – disse o garoto, revirando os olhos. – Alguém aqui tem problema de autoestima.

Com isso, ele empurrou uma manivela e o trem acelerou absurdamente, erguendo-se no ar, mergulhando, subindo, fazendo curvas rápidas como um carro de corrida.

– Iu-huuu! – gritou ele.

Annie viu um oceano arroxeado adiante. À medida que o litoral se aproximava, viu ondas enormes se quebrando e uma vastidão de espuma branca.

Espere...

– Não se preocupe. Já fiz isso um monte de vezes.

Ele fez o trem mergulhar bruscamente, e Annie se preparou para o impacto – que não aconteceu; apenas uma imersão silenciosa e uma sombra cor de amora lá fora.

– Está vendo?

Para onde estamos indo?

– É mais "para quando".

Ele puxou a manivela e o trem emergiu das profundezas para algo que parecia um mundo novo, de aparência mais terrestre. O trem diminuiu a velocidade e pegou um par de trilhos que margeava uma cidadezinha de casas antigas com muro branco.

– Prepare-se – disse o menino.

Em seguida, deu um soco no vidro da frente, que explodiu em mil cacos. Então puxou a alavanca do freio e o trem parou bruscamente. Ele e Annie foram lançados para fora.

– Iu-huuu! – gritou o garoto enquanto os dois voavam. – Maneiro, não é?

Então, de algum modo, estavam de pé ao lado dos trilhos, sem pouso, sem impacto.

– Bem, eu achei maneiro – murmurou ele.

&

Agora tudo estava silencioso. O trem havia sumido. As árvores estavam despidas e folhas cobriam o chão. A paisagem se transformou num cenário sépia, como um filme antigo.

Por favor, pensou Annie, *não estou entendendo.*

– Não está entendendo o quê?

Nada. Por que estou aqui. Por que você está aqui.

– Eu estou aqui porque quando você chega no céu, encontra cinco pessoas do tempo em que viveu na Terra. Todas elas passaram pela sua vida por algum motivo.

Que tipo de motivo?

– É isso que você descobre aqui. Elas lhe ensinam uma coisa que você não percebeu quando estava viva. Isso ajuda a entender as coisas pelas quais passou.

Então espere aí. Você é minha primeira pessoa?

– Você não parece muito empolgada.

Desculpe. É só que... eu não conheço você.

– Não tenha tanta certeza.

O garoto levantou a mão e fez um movimento rápido diante dos olhos de Annie, e no mesmo instante o rosto dela se materializou. Annie tocou as bochechas.

O que você...

– Relaxe. Agora olhe. Isso é importante.

Ele apontou para os trilhos. A visão de Annie estava extremamente aguçada. A distância, ela viu um segundo trem se aproximando, com fumaça saindo da chaminé. Ao lado dos trilhos, um menino corria para acompanhá-lo, estendendo a mão para tocá-lo, tropeçando, correndo de novo. Annie notou as feições familiares dele: cabelo preto, pele cor de caramelo, camisa listrada, coldre de caubói.

Espere aí. Aquele lá e você?

– Mais novo e mais idiota – disse o menino.

O que você está fazendo?

– Eu achei que podia voar. Pensei: "Vou agarrar esse trem e subir feito uma pipa." – Ele deu de ombros. – Eu só tinha 7 anos.

O menino fez outra tentativa fracassada. O último vagão já ia passando. Com o maxilar trincado, ele sacudiu os braços e tentou pular. Dessa vez, prendeu os dedos numa barra da plataforma traseira.

Mas só por um instante.

A velocidade do trem arrancou seu braço, deixando o menino no chão, atordoado e gritando, a manga da camisa se enchendo de sangue. O braço decepado caiu no trilho. Bateu no cascalho e avermelhou as pedras.

O menino olhou para Annie.

– Eca – disse ele.

DOMINGO, 10h30

O homem chamado Tolbert assinou um recibo. A mulher atrás do balcão empurrou uma cópia de volta para ele.
– Tudo certo – disse ela.
Tolbert esperou que o carro fosse levado até ele. Mais cedo, em casa, tinha acordado a esposa cutucando-a de leve.
– Volto logo – sussurrou.
– Humm?...
– Seu pneu estava furado.
– ... estava?
– Preciso comprar um novo.
– ... está bem... – Ela se virou de costas. – Tenha cuidado.
Agora, olhando os pneus expostos na parede da oficina mecânica, Tolbert pensou nos recém-casados que tinham parado para ajudá-lo na noite anterior. O noivo, que trocou o pneu de smoking e tudo, disse que tinha sido ideia da mulher. Sujeito legal. Divertido. O incidente fez Tolbert se sentir bem em relação às pessoas. Nem sempre se sentia assim.
Um mecânico chegou dirigindo o carro.
– Novo em folha. O estepe está no porta-malas.
– Obrigado – disse Tolbert.
Assim que entrou, Tolbert pegou o celular e ligou para Teddy, seu assistente.
Caiu na caixa postal.
Ligou de novo.
A mesma coisa.
Ligou para o escritório.
Caixa postal de novo.

– Afff – murmurou. – Esses garotos...

Olhou pelo retrovisor, depois virou o carro na direção oposta àquela que queria, e seguiu para o campo de balonismo em vez de ir para casa. Agora sem o sentimento bom em relação às pessoas.

A primeira lição

Annie olhou para o menino caído no cascalho, sem um braço e sangrando profusamente.
Por que está me mostrando isso? É horrível.
– É – disse Samir. – Nunca tinha chorado assim antes. Parecia um lobo uivando.
Você morreu?
– Teria morrido. Mas...
Ele apontou, e Annie viu uma cabeça aparecer numa janela do trem, uma mulher mais velha usando óculos escuros de gatinho. Ela recuou para dentro.
O trem diminuiu a velocidade.
Pessoas saltaram.
Correram para o menino.
A mulher também correu.
Agarrou o braço decepado, tirou o casaco e o enrolou apertado.
– Vamos para a próxima parte – disse o menino. – Isso é nojento.

~

No mesmo instante, estavam numa sala de espera de hospital, onde homens fumavam, mulheres costuravam e revistas eram folheadas em silêncio.

– Estamos em 1961 – disse o menino. – Aquela é minha mãe. – Ele apontou para uma mulher de casaco vermelho, com as mãos apertando os lábios. – E o meu pai – acrescentou, mostrando um homem com costeletas grossas e terno marrom, o cabelo no mesmo tom de preto que o do filho, a perna esquerda tremendo nervosamente.

Annie viu a mulher do trem. Estava de pé no canto, de braços cruzados, sem o casaco.

Quando um médico apareceu, todo mundo se virou. Ele soltou o ar com força e disse alguma coisa. Depois deu um sorriso largo, e os pais do garoto se abraçaram e foram apertar a mão dele, agradecendo.

Então tudo acelerou, como um filme sendo adiantado. Havia homens com máquinas fotográficas e flashes espocando. Os pais estavam ao lado do menininho numa cama.

– Eu fiz história – disse ele.

História?

– Foi o primeiro reimplante bem-sucedido de um membro inteiro. – Ele riu. – Uma coisa muito boa em troca da idiotice, não é?

Annie ficou assistindo ao desenrolar das cenas: o menino vestindo o casaco, posando com uma bola de futebol, saindo do hospital, tudo capturado por fotógrafos e repórteres.

Por que estou vendo isso?

– Porque você passou pela mesma coisa.

Como você sabe?

– Sei o quê?

O que aconteceu comigo.

– É mole. – Ele segurou a mão dela. – Eu estava lá.

Com isso, ele puxou Annie por um corredor hospitalar. O teto subiu e as janelas se esticaram.

– A técnica que os meus médicos usaram se tornou um novo padrão – disse o menino. – Graças à minha perseguição estúpida a um trem, muitos pacientes futuros foram curados.

Annie notou a mudança no vocabulário dele. Reparou no nariz fino e na franja grossa que caía displicentemente sobre os olhos.

Por que você está falando de um jeito tão...?

– O quê?

Adulto.

O menino sorriu.

– Você me pegou.

Subitamente, o corredor trovejou e os dois foram sacudidos de um lado para o outro. O menino de camisa listrada estava ficando diferente. Quando as cambalhotas acabaram, ele havia se transformado num homem de meia-idade, o cabelo escuro esticado para trás, os ombros largos, a barriga grande estufando um jaleco branco.

O que aconteceu?

– Lembra-se daquele versículo da Bíblia? – perguntou o menino. – Quando eu era criança, falava como criança, mas agora que sou homem, blá-blá-blá...

Você é médico?

– Bem, eu era. Ataque cardíaco. Pressão alta. Não pense que os médicos cuidam de si mesmos melhor do que os pacientes.

Ele repuxou o jaleco e apontou para uma plaquinha de identificação.

– Como eu disse, "Samir". Ou, se preferir, Dr. Samir. Os títulos parecem meio ridículos aqui em cima. Por sinal, desculpe se a chamei de idiota antes. Escolhi meu eu infantil para recebê-la. E eu fui uma criança bem desagradável.

Annie ficou atordoada. Mal conseguia acompanhar tudo.

Percebeu que ali era um hospital diferente; os corredores eram mais claros, havia obras de arte mais novas nas paredes.

Onde estamos?

– Não lembra?

Como poderia lembrar? Essa lembrança não é sua?

– As lembranças se cruzam.

Deslizaram por um corredor e entraram num quarto. Samir se aproximou da paciente na cama, uma menina com cachos claros cor de caramelo cujo braço esquerdo estava enrolado com bandagens desde o cotovelo até os dedos.

– Como estamos indo, Annie? – perguntou ele.

Enquanto a boca da menina se mexia, Annie sentiu-se respondendo:

– Com medo.

Annie comete um erro

Está com 8 anos, no trem para o Ruby Pier. Usa um short jeans curtinho e uma camiseta verde-limão com um pato de desenho animado na frente. Sua mãe está sentada ao seu lado, junto do novo namorado, Bob.

Bob tem um bigode grosso que cobre o lábio superior. Tony, o namorado anterior a Bob, sempre usava óculos escuros. Dwayne, o anterior a Tony, tinha tatuagem no braço. Nenhum dos namorados da mãe falava direito com Annie. Só se ela perguntasse alguma coisa.

No trem, Bob pega a mão da mãe de Annie, mas ela se desvencilha, indicando a filha. Annie imagina se isso quer dizer que a mãe não gosta dele.

Caminham pela entrada do Ruby Pier, sob pináculos, minaretes e um arco gigantesco. Annie olha a imagem de uma mulher com vestido de gola alta, segurando uma sombrinha – a própria Ruby – e dando boas-vindas aos visitantes do parque. Depois que seu pai foi embora, Annie e a mãe passaram a ir ali frequentemente. Montavam nos cavalos do carrossel, bebiam raspadinha e comiam salsicha empanada. Era divertido. Mas ultimamente os namorados também vêm. Annie deseja que os passeios voltem a ser como antes.

Sua mãe compra vinte tíquetes e avisa Annie para ficar longe dos brinquedos de adultos, como a roda-gigante ou o Cabum do Freddy. Annie concorda com a cabeça. Ela conhece a rotina. Conhece a lanchonete. Conhece os carrinhos bate-bate. Sabe que a mãe vai se afastar com Bob e só vai voltar às quatro horas, perguntando "Se divertiu, Annie?", sem se importar de verdade se Annie se divertiu ou não.

No meio da tarde, o sol está quente e Annie se senta embaixo do guarda-sol de uma mesa. Está entediada. O velho que conserta os brinquedos passa ali perto, aquele que tem o aplique no uniforme em que está escrito EDDIE *e* MANUTENÇÃO*. Ele se senta do outro lado do caminho e fica olhando para o mar cinzento à beira do parque.*

Annie se aproxima, esperando que ele tenha limpadores de cachimbo no bolso.

– Dá liceeeença, Senhor Eddie da Manutenção?

Ele suspira.

– Eu mesmo.

– Eddie?

– Hum?

– O senhor pode fazer pra mim...

Ela junta as mãos, como se rezasse.

– Anda, menina. Não tenho o dia inteiro.

Quando ela pede um bichinho, ele começa a torcer os limpadores de cachimbo amarelos. Entrega uma figurinha em forma de coelho, que ela pega, feliz, e corre de volta para a mesa com guarda-sol.

Ela brinca com o bichinho por um tempo. Mas logo fica entediada outra vez. São só duas da tarde. Vai até a área dos jogos e experimenta um, atirando argolas de madeira para acertar garrafas de vidro. Isso lhe custa um tíquete, mas todos recebem um prêmio, acertando ou não.

Depois de três jogadas sem acertar, recebe um pacote plástico: dentro há um aviãozinho de madeira. Ela encaixa uma peça na outra. Joga-o para cima. Ele voa girando. Ela joga de novo.

Na última jogada, o avião plana sobre as cabeças das

pessoas e pousa do outro lado de um corrimão – o corrimão que bloqueia o acesso para a base do Cabum do Freddy. Annie olha nas duas direções. Os adultos são muito mais altos do que ela.

Passa por baixo do corrimão, ainda segurando seu bichinho de limpador de cachimbo.

Pega o aviãozinho.

Então uma mulher grita.

Todo mundo aponta para o céu.

De repente, tudo fez sentido: quem era Samir, por que estavam naquele hospital. O espírito de Annie estava deitado no leito hospitalar, dentro de seu corpo infantil, espiando através de olhos jovens. Ela mexeu os pés, cobertos com meias amarelas.

– Você era o meu médico – sussurrou Annie.

– Sua voz está voltando – disse Samir.

Annie tossiu, tentando colocar mais peso nas palavras.

– Estou falando feito uma criança.

– Você vai abrindo seu caminho no céu.

– Por que estou revivendo isso?

– Porque tudo se entrelaça. Quando cresci, percebi como tive sorte. Fiquei sério. Estudei. Entrei para a faculdade, me formei em medicina. Fiz especialização em reimplantes.

Annie estreitou os olhos.

– Uma palavra bonita para o ato de reconectar partes do corpo – esclareceu ele.

– Então você salvou minha mão?

– Eu e outros três médicos. Você tinha apenas algumas horas. Depois disso, seria tarde demais.

Annie olhou para sua mão jovem, coberta por bandagens.

– Não consigo me lembrar do acidente – disse ela. – Bloqueei tudo.

– É compreensível.

– E, sinto muito, mas realmente não me lembro de você.

Samir deu de ombros.

– Muitas crianças não se lembram de seus médicos. A começar por aqueles que as trouxeram ao mundo.

Annie examinou o rosto maduro à sua frente, as papadas pesadas da meia-idade, as têmporas salpicadas de cabelos grisalhos. Nos olhos escuros viu uma sombra do menino impulsivo.

– Se isso é mesmo o céu – perguntou –, por que você é a pessoa que está me recebendo? Eu não deveria ver Deus? Ou Jesus? Ou pelo menos alguém de quem me lembre?

– Isso vem com o tempo. Mas as cinco pessoas que você encontra primeiro são escolhidas por um motivo. Elas afetaram você de algum modo na Terra. Talvez você as conhecesse. Talvez não.

– Se eu não as conhecia, como elas podem ter me afetado?

– Ah. – Ele bateu palmas de forma teatral. – Agora vem a parte do ensinamento.

Ele deu a volta na cama e olhou pela janela.

– Me diga uma coisa, Annie. O mundo começou no seu nascimento?

– Claro que não.

– Certo. Não começou no seu. Nem no meu. Mas nós, seres humanos, damos importância demais ao "nosso" tempo na Terra. Nós o medimos, comparamos, colocamos nas lápides. Esquecemos que "nosso" tempo está ligado ao tempo dos outros. Todos viemos de um. E retornamos para um. É assim que um universo conectado faz sentido.

Annie olhou para os lençóis brancos, o cobertor azul e a mão enfaixada pousada em sua barriga de criança. Foi exatamente naquele momento que sua vida *parou* de fazer sentido.

– Você sabia – continuou Samir – que séculos atrás se usavam gesso e fita para tentar grudar narizes de volta? Mais tarde, usavam vinho e urina para preservar dedos decepados. O reimplante de orelhas de coelhos precedeu as tentativas em humanos. E não muito antes de eu nascer, médicos chineses que tentavam o reimplante ainda usavam agulhas que levavam dois dias para serem inseridas.

Samir fez uma pequena pausa.

– As pessoas lamentam dizendo que se seus entes queridos tivessem nascido cinquenta anos depois, poderiam ter sobrevivido ao que os matou. Mas talvez o que os matou tenha sido o que fez alguém encontrar a cura. Perseguir aquele trem foi a pior coisa que já fiz. A mim mesmo. Mas meus médicos usaram o conhecimento que possuíam para me salvar. E com você eu dei um passo além do que eles fizeram. Para reimplantar sua mão, experimentamos uma técnica que nunca tinha sido usada, permitindo um fluxo melhor de sangue pelas artérias. Deu certo.

Ele se inclinou e tocou os dedos de Annie, que se sentiu saindo de dentro de seu corpo jovem e voltando à forma quase imaterial de antes.

– Lembre-se disto, Annie. Quando construímos algo, partimos de algo construído por quem veio antes. E quando nos despedaçamos, aqueles que vieram antes de nós ajudam a juntar nossos pedaços.

Ele tirou o jaleco branco e abriu alguns botões da camisa, o suficiente para puxá-la e mostrar o braço direito. Annie viu as cicatrizes sinuosas de décadas antes, agora desbotadas, de um branco leitoso.

– Me conhecendo ou não, nós fazemos parte um do outro.

Ele puxou a camisa de volta.

– Fim da lição.

Annie sentiu uma coceira. Olhou para baixo. Sua mão esquerda reapareceu. Pela primeira vez no céu, sentiu dor.

– Não vai doer por muito tempo – disse Samir. – É só um lembrete.

– Da minha perda?

– Da sua conexão.

E assim voltaram ao lugar onde Annie aterrissou quando chegou à outra vida, entre as montanhas cobertas de neve e os arranha-céus enormes. Um grande círculo de trilhos ferroviários se desenrolou. Annie viu um trem vindo na direção deles.

– Não era assim que eu imaginava o céu.

– Bem – disse Samir –, você escolhe seu cenário eterno. Na Terra, os trens me assombravam. Nunca mais andei em um. Mas aqui não há o que temer. Por isso escolhi inverter minha existência humana. Agora ando nesse trem para onde me der vontade.

Annie o olhou com ar inexpressivo.

– Você não entende? – perguntou ele. – Este não é o seu céu, é o meu.

O trem chegou. As portas se abriram.

– Hora de ir.

– Aonde vamos agora?

– "Vamos" não, Annie. Você vai. Este estágio do céu terminou para mim. Mas você tem mais coisas a aprender.

Ele bateu no exterior do trem e pôs um pé no degrau.

– Boa sorte.

– Espere! – disse Annie. – Quando morri... eu estava tentando salvar meu marido. O nome dele é Paulo. Ele está vivo? Só me diga isso. Por favor, me diga se eu o salvei.

A locomotiva rugiu.

– Não posso – respondeu Samir.

Annie baixou o olhar.

– Mas outros estão vindo – disse ele.

– Que outros? – questionou Annie.

Antes que ele pudesse responder, o trem partiu. O céu ficou escuro. Então tudo que a cercava foi sugado no ar e se derramou de volta numa tempestade de areia granulosa.

Um vasto deserto marrom a cercava.

E ela estava sozinha.

Annie comete um erro

Três semanas depois do acidente, sua mão ainda está enfaixada e seu braço é mantido numa tipoia, para permanecer elevado. Annie está sentada na cama. Não tem nada para fazer. Não pode sair, e sua mãe, por algum motivo, desligou o aparelho de TV e cortou o fio com uma tesoura.

Annie vai até a janela e vê Lorraine no quintal, fumando. Ela está com papéis no colo, mas está olhando para os varais de roupa das casas vizinhas. Às vezes, Annie nota que a mãe tem dificuldade de olhar para ela. Talvez os pais queiram que os filhos sejam perfeitos. Annie examina a mão esquerda, inchada e grotesca. Ela não é mais perfeita.

Ouve alguma coisa no andar de baixo, batidas à porta. Estranho. Em geral as pessoas tocam a campainha. Annie desce a escada e ouve as batidas de novo, fracas, hesitantes. Gira a maçaneta.

É uma mulher. Ela usa um blazer vermelho vivo, brilho labial e uma maquiagem grossa que deixa a pele com um tom uniforme.

– Ah, uau – diz a mulher. – Você é Annie, não é?

Annie confirma com a cabeça.

– Como está indo, querida?

– Tudo bem – murmura Annie.

– Estávamos preocupados com você.

– Por quê?

A mulher, que continua sorrindo, está fazendo um gesto às costas com uma das mãos, como se empurrasse o ar para a frente.

– *Você sabe como tem sorte?* – *pergunta ela.*
– *Não me sinto com sorte* – *diz Annie.*
– *Não? Bem, é compreensível. Seu braço ainda está doendo? Olha, meu amigo está vindo. Você pode nos contar o que aconteceu?*

Annie está confusa. Vê um homem vindo depressa na direção delas, carregando uma câmera grande nos ombros. Vê outros atrás dele, correndo.

– *Comece com o que você lembra* – *diz a mulher.* – *Você foi ao Ruby Pier e...*

Annie dá um passo para trás. Todas aquelas pessoas estão na varanda, empurrando câmeras e microfones na sua cara. De repente, sente um puxão na blusa e a mãe passa à sua frente. Annie sente o cheiro de cigarro na roupa dela.

– *Deixem a gente em paz!* – *grita Lorraine.* – *Vou chamar a polícia! Juro que vou!*

Ela fecha a porta com força. Vira o rosto raivoso para Annie.

– *O que eu falei para você?! NÃO atenda à porta! Nunca! Essas pessoas são um bando de abutres! Nunca mais faça isso! Entendeu?*

Annie começa a chorar.

– *Desculpa... desculpa...*

Os olhos da mãe se enchem de lágrimas. Ela não consegue falar. Annie sobe a escada e bate a porta do quarto. Agora é assim, todo dia uma delas está chorando. Annie odeia isso. Odeia a própria mão. Odeia as bandagens. Odeia o modo como as pessoas agem com ela. Odeia o que aconteceu no Ruby Pier, ainda que nem lembre o que foi.

No dia seguinte, a mãe a acorda cedo.

– *Venha* – *diz ela, vestindo um casaco.* – *Nós vamos embora.*

A próxima eternidade

Annie viu o céu assumir tons mais escuros: cinza metálico e marrom-café. Sua mão esquerda doía. A leveza que experimentara ao chegar havia sumido. Sentia-se uma estudante curiosa, hesitante; tinha a sensação de estar crescendo, mesmo depois de morrer.

Sozinha no deserto, viu uma pequena pilha de objetos ao longe, a única coisa na paisagem estéril. Com esforço, foi se arrastando pela areia.

Quando a pilha foi ficando mais próxima, Annie piscou com força para confirmar o que via. Ali, muito bem arrumados, estavam seus pés, suas pernas, seus braços, seu pescoço e seu tronco.

Seu corpo em pedaços.

O que está acontecendo?, pensou. Tentou chegar mais perto, mas de repente não conseguia mais avançar. A areia passava entre seus dedos como algodão-doce. Olhou em volta. Começou a sentir uma solidão sufocante. Tinha se sentido assim muitas vezes durante anos depois do acidente, isolada, banida, incapaz de fazer as coisas. Mas por que sentir isso ali? O céu não deveria ser o fim desse tipo de sofrimento?

Permaneceu imóvel pelo que pareceu muito tempo, até que um ruído brotou do silêncio. Amplificou-se rapidamente, a princípio irreconhecível, depois muito familiar.

Não pode ser, pensou. *Um latido de cachorro?* Sim. Depois outro, e em seguida uma cacofonia de uivos e ganidos.

Annie se virou e viu a areia subindo em pequenas nuvens de poeira à esquerda e à direita. Rapidamente, um exército de cães – de todas as raças e tamanhos – a cercou, latindo, empolgados, agarrando os pedaços do seu corpo empilhados e jogando-os para cima.

Annie tapou os ouvidos com as mãos.

– Parem com isso! – gritou.

Sua voz saía mais grave do que quando conversava com Samir, mas não tinha efeito algum sobre os animais. Eles rosnavam, latiam e jogavam areia por toda parte.

Um labrador marrom segurava um dos seus pés entre as mandíbulas.

– Não! – gritou Annie, puxando até soltá-lo da boca do cão. – Isso é meu!

Então um afghan hound, com pelos compridos e lisos, passou correndo com o outro pé.

– Me dá isso! – gritou ela, alcançando o animal e soltando seu pé com dificuldade.

De repente, como se tivessem recebido uma ordem, os cachorros se juntaram e correram para o horizonte, levando todas as outras partes do corpo de Annie.

– Não, esperem! – ela se ouviu gritando.

Os cães olharam para trás, como se a instigassem a segui-los. Annie examinou o deserto vazio à sua volta. O que quer que houvesse fora dali deveria fornecer mais respostas do que aquilo. Colocou os dois pés soltos à sua frente e obrigou-se a levantar, até sentir que estava de pé.

– Vamos lá – disse para si mesma.

E começou a correr.

A segunda pessoa que Annie encontra no céu

Ao longo dos séculos, o homem criou incontáveis representações da vida após a morte; poucas, se é que alguma, mostram a alma sozinha. Apesar de nos isolarmos de diferentes maneiras na Terra, em nossa bem-aventurança final sempre estamos com alguém: o Senhor, Jesus, santos, anjos, entes queridos. Uma vida após a morte solitária parece inimaginavelmente triste.

Talvez por isso Annie tenha seguido a matilha de cães, mesmo sem saber aonde a levaria. Acompanhando os animais, subiu uma colina íngreme, passou pelo cume de um morro e desceu um vale. O céu mudou de novo, de mostarda para cor de ameixa, e em seguida, para um verde-floresta. Essas cores, e todas as cores que o firmamento assumira desde sua chegada, refletiam as emoções de sua vida na Terra, simbolizando o modo como essa vida era repassada. Mas Annie não tinha como saber disso.

Então continuou a perseguição até que os cachorros desfizeram a matilha e se espalharam como raios de uma roda. O chão se dividiu num tabuleiro de xadrez composto por quadradinhos verdes de grama, cada um com uma porta de estilo diferente: de madeira, de metal, pintada, manchada, algumas modernas, algumas antigas, algumas retangulares, algumas redondas na parte de cima. Os cães se sentaram, obedientes, cada um diante de uma entrada, como se esperassem que alguém surgisse por ali.

– Annie – disse uma voz rouca. – Até que enfim.

Annie se virou e viu uma mulher elegante, que parecia ter cerca de 80 ou 90 anos, com cabelos prateados e densos, nariz achatado, queixo retraído e olhos grandes e tristes. Usava um casaco de pele que ia até os joelhos e um colar de pedras coloridas.

– Quem é a senhora? – perguntou Annie.

A mulher pareceu desapontada.

– Não lembra?

Annie observou o rosto sorridente, a pele enrugada e flácida.

– A senhora é...

A mulher inclinou a cabeça.

– ... minha segunda pessoa?

– Sim.

Annie suspirou.

– Desculpe. Também não conheço a senhora.

– Bem, você estava passando por um momento difícil quando nos conhecemos.

– Quando foi? O que estava acontecendo? Se a senhora passou pela minha vida, por que nada disso faz sentido para mim?

– Hum.

A velha andou para um lado e para o outro, como se estivesse avaliando suas opções. Por fim, parou, levantou os olhos e apontou para o horizonte azul, onde um carro se aproximava.

– Vamos dar um passeio.

෴

Instantaneamente, Annie se viu sentada no banco do carona. Sozinha. Ninguém dirigia. O carro seguia veloz através de uma névoa de algodão e um sol ofuscante. A velha corria ao lado do veículo, olhando pela janela.

– Não quer entrar? – gritou Annie.

– Não, está tudo bem! – gritou a mulher de volta.

Depois de um tempo (não que Annie conseguisse medir o tempo no céu: parecia que tudo estava acontecendo em segundos e ao mesmo tempo demorando uma eternidade), o carro parou. Annie saiu. A velha estava ao lado dela, ofegante. Havia uma casa e um estacionamento de terra. Uma placa azul e branca dizia ABRIGO DE ANIMAIS RESGATADOS – CONDADO DE PETUMAH.

– Eu me lembro dessa casa – sussurrou Annie. – Foi onde peguei minha cachorrinha.

– Isso mesmo – disse a mulher.

– Cleo.

– Isso.

– Esse lugar era seu?

– Na época, sim.

A velha se sentou.

– De que mais você se lembra?

˜

Annie se lembrava do seguinte: depois de ter morado a vida toda na mesma casa, na mesma rua, ela e a mãe foram embora abruptamente – entraram no carro e partiram a toda a velocidade, com as posses em grandes sacos de lixo pretos, a tampa do porta-malas fechada com a ajuda de uma corda elástica.

Viajaram durante vários dias, comendo em postos de gasolina ou lanchonetes baratas. Dormiam no carro. Por fim, pararam num estado chamado Arizona, onde, durante um tempo, moraram num hotel de beira de estrada, que tinha carpetes verde-claros e um cadeado no telefone.

Depois, mudaram-se para um trailer que ficava num parque sem árvores, junto de outros trailers. Dormiam, comiam, tomavam banho e lavavam as roupas dentro do trailer. Os únicos contatos com o mundo exterior eram as idas a um supermercado, à biblioteca local (para pegar livros para Annie) e a um hospital próximo, onde as bandagens de Annie eram substituídas e as talas, ajustadas. Annie ainda não conseguia usar a mão esquerda; às vezes não conseguia sentir a ponta dos dedos. Imaginou se teria que fazer pelo resto da vida o que fazia agora, carregando tudo com apenas uma das mãos, usando o cotovelo para manter portas abertas.

Enquanto isso, as regras da vida iam ficando mais rígidas. Annie não tinha permissão de andar sozinha pelo parque. Não tinha permissão de andar só de meias (para não escorregar). Subir em árvores era considerado perigoso demais, assim como andar de skate e usar a maioria dos brinquedos dos parquinhos. Sozinha na maior parte do tempo, lia os livros da biblioteca, prendendo-os na mão esquerda enfraquecida e virando as páginas com a direita.

Certa manhã, Lorraine levou Annie a um tribunal, onde tiveram que assinar papéis.

– Por quê? – perguntou Annie à mãe.
– Vamos mudar nosso nome.
– Eu não sou mais Annie?
– Nosso sobrenome.
– Por quê?
– Não importa.
– Por quê?
– Explico depois.
– Quando?

Nunca recebeu uma resposta. Passaram-se meses e Annie ficou péssima. Fazia sempre calor no Arizona e as pessoas do parque eram velhas e chatas. Lorraine não falava com os vizinhos e proibia a menina de falar também. À noite, Annie ouvia a mãe chorando no quarto. Annie sentia raiva.

Sou eu que estou machucada, pensava.

Esse foi o início do ressentimento silencioso. Esse sentimento fazia Annie se sentir mais sozinha, o que só aumentava sua infelicidade. Quanto mais Lorraine chorava, menos Annie sabia o que dizer a ela.

Durante um tempo, as duas mal se falavam. Encorajada pela raiva, Annie começou a desafiar as regras, saindo quando a mãe não estava. Tinha lido num livro da biblioteca que era possível cultivar flores novas a partir de folhas arrancadas de outras plantas. Assim, Annie escondia uma tesoura embaixo da camiseta e cortava folhas do jardim de uma vizinha. Colocava-as em buraquinhos na terra e derramava água em cima. Fez isso durante semanas, procurando qualquer sinal de vida. Se ouvisse um carro se aproximando, voltava correndo para dentro do trailer.

Mas numa tarde ela foi lenta demais. A mãe, ao chegar, flagrou Annie fechando a porta do trailer.

No dia seguinte, a porta foi trancada por fora.

As coisas continuaram assim. Numa noite, enquanto comiam na cozinha minúscula do trailer, o silêncio era tanto que Annie ouvia a mãe mastigar.

– Algum dia eu vou estudar numa escola?

– Por enquanto, não.

– Por quê?

– Preciso arranjar um emprego.

– Mas eu não conheço ninguém aqui.
– Eu sei.
– Quando a gente vai para casa?
– A gente não vai.
– Por quê? Eu não tenho nenhum amigo! Quero ir para *casa*!

A mãe de Annie engoliu a comida e se levantou, em silêncio. Raspou o prato na pia. Depois, entrou no quarto e fechou a porta.

Na manhã seguinte, acordou Annie cedo e fez ovos mexidos com queijo ralado, colocando o café da manhã no prato da filha sem fazer nenhum comentário. Quando Annie terminou de comer, Lorraine anunciou:

– Vamos dar uma volta.

Estava chovendo fraco e Annie ficou de braços cruzados durante toda a viagem, a boca torcida em uma careta de mau humor. Finalmente, o carro parou num estacionamento de terra ao lado de uma construção de um andar e uma placa azul e branca em que estava escrito ABRIGO DE ANIMAIS RESGATADOS – CONDADO DE PETUMAH.

Deram a volta até os fundos. Annie ouviu latidos. Seus olhos se arregalaram.

– A gente vai adotar um *cachorro*? – perguntou.

Lorraine parou. Seu rosto pareceu desmoronar. Ela mordeu o lábio e piscou para conter as lágrimas.

– O que foi, mamãe?
– Você está sorrindo.

Annie passou por dezenas de cachorros resgatados ou abandonados. Olhou-os saltar e arranhar a porta das gaiolas. A mulher que cuidava do abrigo disse que Annie podia escolher o cachorro que quisesse, por isso ela examinou todos com cuidado. Brincou com vários, deixando-os lamber suas bochechas e seus dedos. No fim de uma fileira, viu uma gaiola com três filhotinhos malhados de marrom e branco. Dois correram para a porta, latindo e erguendo-se nas patas traseiras. O terceiro permaneceu no fundo. Estava com um funil de plástico em volta do pescoço.

– O que é aquilo? – quis saber Annie.

– Um colar elisabetano – respondeu a mulher. – Para não deixar a cachorrinha morder ou lamber.

– Morder ou lamber o quê? – indagou Lorraine.

– O ferimento. Ela precisou ser operada quando a achamos. – A mulher sacudiu as chaves. – É uma história triste.

Lorraine tocou o ombro de Annie.

– Venha, querida, tem outros para ver.

Mas Annie estava paralisada. Sentia alguma coisa por aquela criatura, ferida como ela. Inclinou a cabeça da mesma maneira que a cadelinha. Fez pequenos sons de beijo. A cadelinha se aproximou.

– Quer brincar com ela? – perguntou a mulher.

A mãe de Annie lhe dirigiu um olhar aborrecido, mas a mulher abriu a porta da gaiola.

– Vem, Cleo – disse ela. – Tem alguém querendo conhecer você.

Enquanto Annie contava essa história à velha, a cena apareceu diante delas. A dona do abrigo tinha cabelos compridos e tingidos de prata, e usava jeans, tênis preto e uma camisa de flanela desbotada. Deu um sorriso largo quando entregou a Annie a cadelinha com o colar.

– É a senhora? – perguntou Annie.

– Sim.

Annie olhou em volta.

– Cadê minha mãe? Foi ela que me trouxe aqui.

– Este é o seu céu, Annie, e o ponto onde ele se cruza com o meu. Outras pessoas não estão incluídas.

Isso fez Annie hesitar. Preparou-se.

– Eu fiz alguma coisa com a senhora?

– Bem, fez.

– E estou aqui para consertar?

– Consertar?

– Meu erro. Qualquer que tenha sido.

– Por que você presume que foi um erro?

Annie não disse o que estava pensando: que durante toda a vida tinha cometido erros.

– Fale sobre a Cleo – pediu a velha.

༄

Durante quase um ano, Cleo – meio beagle, meio boston terrier – foi a principal companhia de Annie. Lorraine só conseguiu arranjar um emprego de meio expediente, no turno da manhã de uma fábrica de autopeças; quando Annie acordava, a mãe já havia saído, e só voltava à tarde. Annie odiava ter de telefonar para a mãe toda manhã para dizer que tinha tomado café. Odiava especialmente ficar sozinha. Mas com Cleo, finalmente havia outra presença no trailer – uma presença peluda, de 30 centímetros de altura, com orelhas marrons caídas e uma boca que se curvava num sorriso embaixo do focinho.

Naquele primeiro dia, depois da visita ao abrigo, Annie encheu uma tigela de cereal para si mesma e uma de ração para sua cachorrinha. Olhou Cleo tentando comer com o colar inconveniente. O ferimento da cirurgia perto do ombro ainda estava vermelho. *Como foi que isso aconteceu?*, pensou. Será que a cachorrinha tinha batido em alguma coisa afiada? Teria sido atacada por outro cachorro?

Cleo ganiu, porque o colar bloqueava o acesso à comida. Annie não podia tirá-lo; sua mãe tinha dito isso seis vezes. Mas a cadelinha olhava para Annie como se implorasse por ajuda, e Annie se sentiu tão mal que se inclinou e, com a mão boa, soltou o fecho. Cleo saltou para a tigela.

Quando toda a ração do pote terminou, Annie deu um tapinha na coxa e Cleo veio correndo em sua direção. Subiu no colo da nova dona e farejou seus dedos através da bandagem. Mesmo quando era virada para outro lado, a cachorrinha voltava ao ferimento de Annie, lambendo e cutucando-o com o focinho.

– Quer ver? – perguntou Annie, tirando o braço da tipoia.

Cleo lambeu a pele do punho dela e ganiu. Alguma coisa se agitou dentro de Annie, como se a cachorra entendesse mais do que deveria.

– Ainda dói – sussurrou Annie. – E eu nem sei o que fiz.

Percebeu que estava chorando. Talvez porque tivesse dito as palavras em voz alta. *Nem sei o que fiz.* Quanto mais Annie chorava, mais a cachorrinha gania junto dela, levantando o focinho para lamber suas lágrimas.

– Você sabia que um cachorro se aproxima primeiro de um ser humano que chora do que de um que ri? – perguntou a velha, ao lado de Annie adulta. – Os cachorros ficam tristes quando as pessoas em volta estão tristes. Eles são criados assim. Isso se chama empatia.

Ela deu um sorriso e continuou:

– Os humanos também têm empatia. Mas ela costuma ser bloqueada por outras coisas: ego, autopiedade, achar que a própria dor precisa ser tratada primeiro. Os cachorros não têm nada disso.

Annie olhou seu eu mais novo roçar a bochecha no focinho de Cleo.

– Eu estava tão sozinha! – sussurrou.

– Dava para ver.

– Eu perdi tudo que eu conhecia.

– Sinto muito.

– A senhora já se sentiu assim?

A mulher assentiu.

– Uma vez.

– Quando?

Ela apontou para a janela do trailer.

Annie se levantou e foi até a janela. Através do vidro, em vez de ver o parque onde havia morado, viu o interior de uma sala escura numa casa abandonada. Não havia móveis. Pichações cobriam as paredes. No canto, Annie viu um par de olhos, mal captando a luz. Percebeu que era uma cadela grande, deitada no chão de terra, cercada por filhotes aninhados em sua barriga.

– Ela tinha dado à luz uma semana antes – disse a velha.

– Por que ela está nessa casa?

Antes que a velha pudesse responder, a porta se abriu com um estrondo e dois homens de camiseta, jeans e botas, um deles usando gorro de lã, entraram segurando latas de cerveja. Encolheram-se quando ouviram o rosnado da cadela.

O homem com o gorro de lã cambaleou por um momento. Depois, tirou uma arma do bolso de trás da calça.

– Não... – sussurrou Annie.

O homem disparou três vezes, cada bala criando uma pequena explosão de luz laranja. Os homens gargalharam. Tomaram goles de cerveja e atiraram de novo. Depois de mais cinco disparos, viraram as costas e saíram.

– O que aconteceu? – perguntou Annie. – *O que aconteceu?*

A velha desviou o olhar. Annie ouviu risos abafados do lado de fora e ganidos agudos no canto. Viu os filhotes tateando a mãe, agora sem vida. Lágrimas escorreram pelo rosto de Annie.

– Eles a mataram?

– Sim. E mais alguns filhotes – respondeu a velha. – Três sobreviveram.

– Coitada da mãe.

– É. Foi a última vez que a vi.

Annie ficou perplexa.

– O que a senhora disse?

A mulher puxou a gola do casaco de pele e se inclinou, revelando um antigo ferimento de tiro no ombro. Em seguida, tocou as bochechas de Annie, molhadas de lágrimas.

– Eu chorei por você. Você chora por mim.

Annie comete um erro

Ela enfia uma camiseta pela cabeça e prende uma guia em Cleo.
 – Vamos, garota.
 Passaram-se oito meses depois do acidente. As bandagens de Annie se foram, assim como o colar de plástico de Cleo. Pelos novos cresceram em volta do ferimento da cadela. Mas a mão de Annie está ondulada, com cicatrizes vermelhas, e descolorida pela circulação desigual. Os dedos costumam se entortar como garras involuntariamente. Annie deseja que nasçam pelos em cima das cicatrizes, como nas de Cleo.
 – Agora fique do meu lado – *diz, montando na bicicleta.* – Nada de ir correndo na frente.
 Annie não deveria andar de bicicleta sem a mãe. Não deveria levar Cleo para fora do parque de trailers. Mas ficar sozinha a tornou desenvolta. E há uma coisa que ela quer ver.
 – Vem, garota. Vamos lá.
 Enquanto ela pedala, a cachorra corre ao lado e Annie guia com uma das mãos, uma habilidade que desenvolveu. Passam por um pequeno bosque, descem uma rua e atravessam uma cerca viva. Annie para e apoia a bicicleta no descanso. Desce uma ladeira, seguida de perto por Cleo, até chegar a um alambrado.
 À sua frente há uma escola. As férias estão para começar. Annie sabe. Já esteve ali antes.
 Uma campainha soa e crianças são derramadas no pátio. Espalham-se em volta de balanços. Algumas chutam uma

bola. As vozes são altas e parecem felizes. Annie se agacha. Vê duas meninas da sua idade indo para a lateral do prédio. Uma delas tem cabelo louro liso e está usando calça jeans preta e tênis cor-de-rosa. Annie deseja ter um tênis cor-de-rosa.

– Fique aqui – sussurra ela.

Annie enrola a guia de Cleo na cerca. A cachorra solta um ganido, mas Annie diz "Shhh!" e se afasta na ponta dos pés.

Acompanha o perímetro da cerca. Vira uma esquina onde o chão está coberto de folhas molhadas por um aspersor. Agora consegue ver as duas meninas, que estão encostadas na parede lateral da escola. Uma tira alguma coisa do bolso e passa na boca da outra. Batom? Curiosa, Annie sobe num toco de árvore para ver melhor. As meninas estão olhando para alguma coisa e fazendo careta – um espelho, talvez? –, e Annie imagina de que cor é o batom.

De repente, as meninas se viram para ela e Annie perde o equilíbrio. Cai em cima da mão ruim, um choque de dor a atravessa. As folhas molhadas grudam em seus braços. Ela não se mexe, com medo de que as meninas se aproximem. Permanece no chão por pelo menos dez minutos.

Por fim, a campainha soa e as vozes desaparecem. Annie se levanta devagar, com o pulso latejando, e volta para onde deixou Cleo.

Quando chega, a cachorrinha não está mais lá.

Seu coração dispara.

– Cleo? – grita. – Cleo?

Corre por toda a extensão da cerca. Nada. Corre de volta. Nada. Sobe o morro correndo até onde deixou a bicicleta. Nada. Passa uma hora percorrendo as mesmas ruas, com lágrimas queimando nos olhos, gritando o nome de Cleo e rezando para ouvir latidos em resposta.

Por fim, sabendo que a mãe já deve estar voltando, pedala

até sua casa, aos soluços. Quando chega ao trailer, para. Solta o ar pesadamente. Ali, sentada junto da porta, está Cleo, com a guia pendurada como uma cobra de couro.
– Ah, Cleo, vem cá!
A cachorrinha corre até ela, pula em seu colo e lambe suas orelhas e os pedaços de folhas grudados em seus braços. Isso é melhor, *pensa Annie*, uma cachorrinha que me ama, uma cachorrinha que fica feliz quando me vê. É muito melhor do que aquelas garotas e seu batom idiota. Muito melhor.

A segunda lição

Annie olha para a velha de casaco.
– A senhora está dizendo...?
– Eu sou Cleo.
– Mas a senhora é uma *mulher*.
– Achei que esta forma seria mais fácil.
– Eu perguntei se a senhora era a dona do abrigo...
– Ela estava me segurando. Você perguntou se era eu. Ou foi o que pensei que perguntou. Desculpe. Muitas vezes pensamos que as coisas são sobre nós quando não são.

Annie examinou a pele flácida da mulher, o nariz achatado, as falhas entre os dentes.
– Cleo – sussurrou ela.
– Sim.
– Nós estamos nos comunicando!
– Nós sempre nos comunicamos. Você não sabia quando eu estava com fome? Quando eu estava com medo? Quando eu queria sair?
– Acho que sim... E você? Você entendia quando eu falava?
– Não as palavras. Mas sua intenção. Os cães ouvem de modo diferente dos humanos; nós detectamos a emoção na voz. Raiva, medo, leveza, peso. Eu deduzia tudo isso pelo seu tom de voz. Sentia na sua pele o cheiro de como tinha sido seu dia. O que você tinha comido. Quando tinha tomado banho. As ocasiões em

que você borrifava o perfume da sua mãe nos pulsos. Lembra? Você entrava de fininho no quarto dela, sentava na frente do espelho e estendia a mão para eu cheirar.

Annie olhou com intensidade nos olhos de Cleo, tentando imaginar o resto dela, seu pelo cor de chocolate, as orelhas finas e caídas. Lembrou-se das coisas que Cleo lembrava. Lembrou-se de Cleo ficando mais velha. Até se lembrou do dia em que Cleo morreu: a ida ao veterinário no carro da mãe, Cleo sem energia, respirando devagar em seu colo. Mas não sabia de que modo essas lembranças importariam agora.

– Por que você está aqui, Cleo?

– Para lhe ensinar uma lição. Cada alma que você encontra no céu faz a mesma coisa.

– Então os animais têm alma?

Cleo ficou surpresa.

– Por que não teriam?

De repente, a paisagem mudou. Estavam fora do trailer, longe da casa abandonada. Agora flutuavam num céu verde-claro, em cima de algo que parecia um tapete enorme, com lençóis laranja e travesseiros cor-de-rosa que pareciam pequenas colinas.

– Espere aí – disse Annie. – Isso é minha antiga cama...

– Isso mesmo.

– É enorme.

– Bem, era assim que parecia para mim. Eu precisava correr e pular quando você me chamava.

– Por que você está...

– Solidão, Annie. É o que estou aqui para explicar. Você sofreu com ela. Se torturou por causa dela. Mas nunca a entendeu.

– E o que há para entender na solidão? – perguntou Annie rispidamente. – É uma coisa terrível.

– Nem sempre. Você acha que, se não se sentisse tão sozinha, me escolheria no abrigo? Ou que tiraria o meu colar para me deixar comer naquela primeira manhã? Sua solidão me deu um lar. E felicidade.

Cleo fez uma breve pausa.

– Lembra-se do que eu falei sobre empatia? Funciona nas duas direções. Eu estava ferida, me sentia diferente. E você parecia...

Annie olhou para a mão esquerda, a que fora decepada.

– Ferida – sussurrou. – Diferente.

– E...?

– Sozinha.

A mulher olhou para os travesseiros gigantes e Annie viu as mil noites de sua infância que passara abraçada à companheira amada.

– Sozinha, não – disse Cleo.

A paisagem mudou mais uma vez, voltando ao xadrez de grama que Annie tinha visto antes, com os incontáveis cachorros esperando pacientemente junto às portas.

– Você já pensou em quantas coisas vivas existem na Terra? – perguntou Cleo. – Pessoas. Mamíferos. Aves. Peixes. Árvores. Isso faz a gente pensar em como alguém pode se sentir sozinho. Mas os seres humanos se sentem. É uma pena.

Ela olhou para o céu, agora de um tom escuro de roxo.

– Nós temos medo da solidão, Annie, mas a solidão em si não existe. Não tem forma. É apenas uma sombra que cai sobre nós.

E, assim como as sombras morrem quando a luz muda, esse sentimento triste pode ir embora assim que enxergamos a verdade.
– Que verdade?
– Que o fim da solidão é quando alguém precisa da gente. – A velha sorriu. – E o mundo está cheio de necessidade.

Com isso, todas as portas em todos os gramados se abriram, revelando incontáveis pessoas de rosto triste, crianças com muletas, adultos em cadeiras de rodas, soldados com uniformes sujos de terra, viúvas com véus. Annie sentiu que todas precisavam ser confortadas de algum modo. Os cães saltaram para elas, balançando o rabo. Davam lambidas e se esfregavam nas pessoas tristes, e eram abraçados e acarinhados em troca. Os rostos tristes se dissolveram em sorrisos agradecidos.
– Este é o meu céu – disse Cleo.
– Ver as pessoas voltando para casa? – perguntou Annie.
– Sentir a alegria de quando elas voltam. Almas se reencontrando. É uma coisa divina.
– Mas acontece todo dia.
Cleo inclinou a cabeça.
– Coisas divinas não acontecem todo dia?
Annie olhou os encontros felizes com uma pontada de pesar. Sem dúvida, a vida após a morte devia ser preenchida com outros seres; agora podia ver isso. Mas, no caso dela, estar ali significava estar sem Paulo, a pessoa que mais amava. Como poderia se sentir contente?
– O que foi, Annie?
– Meu marido. Eu estava tentando salvar a vida dele. Não sei se consegui. Só me lembro de sentir mãos nos meus ombros e

ouvir alguém dizendo: "Vejo você daqui a pouco." Mas depois, nada. – Annie lutou para encontrar as palavras. – Por mim, tudo bem ter morrido, desde que Paulo vivesse. Só me diga que minha morte não foi em vão.

A velha sorriu.

– Nenhuma ação feita para alguém é em vão.

Cleo apontou com a cabeça para uma última porta. Quando esta se abriu, Annie viu seu eu de 9 anos pular da bicicleta e correr para abraçar Cleo no dia em que pensou que a havia perdido.

Ao mesmo tempo, a velha se inclinou para mais perto dela e um calor súbito penetrou nos dedos e nas mãos de Annie. Seus pulsos reapareceram, depois os cotovelos, os bíceps e os ombros.

– Meus braços! – Annie se maravilhou. – Eles voltaram!

– Para abraçar quem você ama – sussurrou Cleo.

Então, dentro do abraço de Annie, a forma humana de Cleo encolheu. O casaco ficou mais apertado e se transformou em pelos. As pernas diminuíram. As orelhas se alongaram. Ela reassumiu a forma da cadelinha que era na Terra, e ofegou, feliz, quando Annie a levantou nos braços.

– Aí está você! Cleo. Cleeeeo!

A mente de Annie se inundou de lembranças: Cleo correndo ao lado de sua bicicleta, Cleo roubando pizza de seu prato, Cleo rolando enquanto Annie fazia cócegas na barriga dela. Experimentou uma alegria que não sentira durante anos. Depois de tanto tempo, depois de tantos desapontamentos e abandonos, estava segurando sua cadelinha de novo. Talvez Cleo estivesse certa; talvez o reencontro fosse algo divino.

– Boa garota – sussurrou Annie enquanto uma língua agradecida lambuzava suas bochechas. – Boa garota.

Fechou os olhos para entregar-se à antiga sensação.

Quando os abriu, suas mãos estavam vazias, e ela se viu de novo sozinha no deserto.

DOMINGO, 11h14

Tolbert estava furioso. Tinha passado quase uma hora tentando ligar para Teddy.

Como é que você não atende o telefone, seu moleque? E se eu fosse um cliente? Tolbert jurou demiti-lo assim que o encontrasse, apesar de saber que não era tão fácil achar pilotos de balão hoje em dia.

O próprio Tolbert tinha chegado tarde ao balonismo, aos 52 anos, depois de se aposentar de uma carreira na Marinha. Ele havia sido piloto e, mesmo quando diziam que ele era velho demais para voar, manteve o interesse pela aviação. Um balão não era exatamente um caça a jato, mas o levava para o céu e empregava suas familiares áreas de conhecimento: vento, análise climática, inspeção de equipamentos. E Tolbert gostava de poder trabalhar sozinho.

Quer dizer, quase, pensou, bufando de irritação com a irresponsabilidade de Teddy. *Quase sozinho.*

Dirigindo o carro da esposa, virou numa estradinha de terra a alguns quilômetros do celeiro que armazenava o equipamento do balão. Franziu os olhos. Pisou no freio com força.

Mais à frente, quatro carros da polícia bloqueavam a estrada, com as luzes piscando.

Um policial acenava para Tolbert se aproximar.

A próxima eternidade

Ventos fortes sopraram a areia do deserto para longe e Annie sentiu que estava subindo e girando no meio de um redemoinho de tons rosa e escarlate. Pela primeira vez no céu, resistiu, sacudindo-se como se tentasse se libertar de um anzol. Suas pernas tinham retornado e ela as usou para chutar, até que, com um último movimento, caiu.

Caiu pelo ar limpo e através de nuvens cor de coral. Lá embaixo, viu uma grande ilha rosa rodeada por cinco penínsulas. Preparou-se para um impacto violento, mas no último instante deu uma cambalhota no ar e pousou suavemente, de costas.

Estava deitada em neve rosa.

– Olá? – gritou Annie, a voz ecoando num timbre adolescente.
– Tem alguém aí?

Balançou os braços e as pernas para verificar se tudo funcionava. Ficou de pé. Agora se sentia mais velha, mais forte; parecia estar reconstruindo o corpo terreno à medida que avançava pelos estágios do céu. Seus pensamentos também amadureciam. Uma inquietação a dominava, uma impaciência de jovem adulta. Queria respostas.

Olhou para baixo.

Com o movimento, tinha criado uma imagem de anjo na neve.

Será que alguém viria falar com ela? Olhou em volta. Começou a andar, acelerou o passo, depois correu. Teve um vislumbre dos invernos da infância, e de repente estava usando sua antiga jaqueta fúcsia, botas de pele e calça de esqui preta; como se a simples lembrança a tivesse vestido.

A neve ia até onde a vista alcançava. O céu era feito de riscas de luz cor de canela. Annie correu na direção das penínsulas até ficar exausta. Fechou os olhos para ordenar os pensamentos.

Quando os abriu, o anjo impresso na neve estava à sua frente outra vez. Só que agora tinha dois olhos que a espiavam.

Annie se moveu ligeiramente. Os olhos a acompanharam.

– Você está aqui por mim? – perguntou, hesitante.

– Você está aqui por mim? – ecoou uma voz.

Annie olhou ao redor.

– Eu conheço você? – perguntou.

– Eu conheço você? – a voz ecoou de novo.

Annie se inclinou e estreitou os olhos. Os olhos do anjo de neve se estreitaram de volta. Annie se encolheu. Via aqueles olhos no espelho todos os dias.

– Você é... eu?

Não houve resposta.

– Diga alguma coisa.

Os olhos estavam voltados para cima.

– O que você está olhando?

Após um estrondo, as cinco penínsulas se curvaram como dedos. Annie percebeu que não estava numa ilha, e sim na palma de uma mão gigante.

– Oi, querida – disse alguém.

Annie tremeu. *Não*, pensou, reconhecendo a voz imediatamente. Olhou para cima, na direção em que os olhos do anjo espiavam, e o rosto mais familiar da sua vida preencheu o céu.

– Mãe? – sussurrou. – É você?

Annie comete um erro

Está com 12 anos. Quando Lorraine finalmente a matriculou na escola, foi na metade do quarto ano do ensino fundamental. Annie era a "garota nova". Em seu primeiro dia, a professora distribuiu o material de artes. Incapaz de segurar firme com a mão esquerda, Annie deixou o material cair, na frente de todo mundo. As outras crianças riram.

– Ora, turma – disse a professora –, só porque uma pessoa é diferente não é motivo para agir de modo diferente com ela.

E Annie sabia que aquela fala era um convite para fazerem exatamente isso. Seu constrangimento aumentou.

À medida que as semanas passavam, tentou fazer amigos, às vezes até oferecendo presentes. Pegava pacotes de biscoito de chocolate em casa e distribuía na hora do recreio. Um dia ouviu algumas meninas falando sobre uns bonequinhos dos Smurfs e, numa ida à loja com a mãe, roubou uma caixa cheia deles, enfiando-a embaixo do suéter. Distribuiu-os também – só que uma professora notou e ligou para a mãe de Annie, que ficou mortificada e a arrastou de volta para a loja, obrigando-a a se desculpar com o gerente.

Durante todo o quarto ano, e também por boa parte do quinto e do sexto, Annie precisou usar talas para manter os dedos retos. As horrendas cicatrizes roxas atraíam olhares, e ela desenvolveu o hábito de esconder a mão esquerda sempre que possível – nas costas, no bolso do casaco, atrás de um caderno. Frequentemente usava mangas compridas, apesar do calor do Arizona.

Sua mãe insistia que ela fizesse os exercícios de reabilitação várias vezes por dia, forçando o polegar a tocar cada um dos outros dedos, como se formasse o sinal de OK. Ela fazia isso na carteira da escola, torcendo para que ninguém notasse, até que teve uma discussão com uma menina chamada Tracy.

– OK, Annie, OK! – gritou Tracy, imitando os sinais com as mãos.

As outras crianças riram. E virou o apelido de Annie: Annie OK. Agora a maioria das crianças a chamava assim.

Paulo – o garoto que ela conheceu na brincadeira de carniça – nunca fez isso. Annie se sente segura perto dele. Confia nele. Um dia, no refeitório, ele se inclinou e levantou a mão dela sem pedir.

– Não é tão ruim – disse ele.

– É nojenta – retrucou Annie.

– Já vi coisas piores.

– Onde?

– Vi uma foto de um cara que foi atacado por um urso. Aquilo era nojento.

Annie quase riu.

– Eu não fui atacada por um urso.

– Nem poderia ser. Não existem ursos no Arizona.

Dessa vez Annie riu de verdade.

– Você mudaria ela de volta? – perguntou Paulo.

– Quer dizer fazer ela voltar ao normal?

– É. Se você pudesse.

– Está brincando? É claro que sim.

– Ah, sei lá. – Ele deu de ombros. – Ela faz você ser diferente.

Esse é o problema, *pensou Annie.* Mesmo assim, apreciou a compaixão de Paulo. À medida que o conhecia mais, ficou sabendo que ele gostava de futebol e coisas do espaço. Numa ida à biblioteca, Annie folheou os livros de astronomia até encontrar um que tinha um capítulo sobre a aurora boreal, uma coisa da qual ele sempre falava. No dia seguinte, antes do início da aula, colocou o livro na carteira dele.

– Olha o que eu achei – disse.

Paulo abriu um sorriso.

– O quê?

– É só uma coisa que estou lendo.

Ela abriu no capítulo. Os olhos de Paulo se arregalaram e ele disse:

– Não brinca!

Annie se sentiu quente por dentro e lhe entregou o livro.

– Peguei para você.

– Mas você não está lendo?

– Posso ler quando você acabar.

– Maneiro – disse ele, pegando o livro. E acrescentou: – Muito obrigado, Annie.

Não disse Annie OK. Só Annie.

～

Com os dois agora no fundamental 2, Annie torce para ver Paulo mais vezes, mas sua mãe continua a controlar cada movimento seu; deixa-a na escola todas as manhãs e todas as tardes estaciona diante da porta principal, buzinando. Annie baixa a cabeça e vai até o carro, certa de que ouve outras crianças rindo.

Um dia, depois da aula, Annie para no vestíbulo da frente e olha pelo vidro. Um grupo de garotas bonitas está do lado de fora, todas com mochila nos ombros. Annie não quer que sua mãe buzine enquanto aquelas garotas estão por perto.

– Está esperando elas irem embora? – pergunta Paulo.

Annie olha sem graça para ele.
– É tão óbvio assim?
– Vem. Quero falar com a sua mãe.
Antes que Annie possa reagir, Paulo já saiu. Caminha confiante enquanto Annie se apressa para acompanhá-lo. Vê que as meninas das mochilas estão observando.
Quando chega ao carro, Paulo se inclina para a janela e estende a mão.
– Oi, mãe da Annie, sou o Paulo.
Lorraine hesita.
– Olá, Paulo.
– Eu posso ir a pé com a Annie até sua casa, aí a senhora não precisa vir de carro todo dia. Eu não moro longe de vocês.
O coração de Annie acelera. Paulo quer ir para casa junto com ela?
– Obrigada, Paulo – diz Lorraine –, mas não precisa. Venha, Annie, temos coisas para fazer.
Annie não quer ir. Não quer abrir a porta. Paulo faz isso por ela. Ela entra lentamente e, relutante, deixa que ele feche.
– Se mudar de ideia, mãe da Annie...
As duas vão embora.
– Tchau! – grita Paulo.
Annie sente a pele em brasa. O que mais queria era o que Paulo propôs, e sua mãe descartou sem ao menos pensar.
– Por que você precisava ser tão grossa com ele? – pergunta rispidamente.
– O que você está dizendo? Eu não fui grossa.
– Foi, sim!
– Annie...
– Foi!
– Ele é só um garoto...
– Meu Deus, mãe! Por que você precisa vir aqui o tempo

todo? Estou cansada de você! Você me trata feito um bebezinho! É por sua causa que eu não tenho amigos!
A mãe franze os lábios, como se estivesse engolindo algo que deseja gritar. Mexe com as mãos no volante.
– Faça seus exercícios – diz.

A terceira pessoa que Annie encontra no céu

– Mãe? – sussurrou Annie.

O rosto da mãe tomava todo o céu. Estava em todo lugar para onde Annie olhasse. Annie percebeu como era natural dizer aquela palavra, *mãe*, mas notou quanto tempo fazia desde que a sentira sair de sua boca pela última vez.

– Olá, meu anjo – respondeu a mãe, uma frase que ela usava quando a filha era pequena. Sua voz parecia pressionar os ouvidos de Annie.

– É você mesmo?

– Sim, Annie.

– Nós estamos no céu?

– Estamos.

– Você também passou por isso? Encontrou cinco...

– Annie?

– O quê?

– Onde está o resto de você?

Através do casaco, via-se o contorno vazio do corpo de Annie.

– Eu cometi um erro, mãe. Houve um acidente. Paulo. Eu estava tentando salvar o Paulo. Se lembra dele? Da escola? Nós nos casamos. Passamos uma noite juntos. Depois fomos passear de balão. Foi minha culpa...

Annie baixou a cabeça, como se o peso da história tivesse sido colocado sobre ela.

– Olhe para cima, querida – disse Lorraine.

Annie olhou. A pele da mãe estava impecável. Os lábios cheios, os cabelos densos e castanhos, com as raízes mais escuras. Annie quase havia esquecido como ela era linda.

– Por que você está tão grande? – sussurrou Annie.

– Era assim que você me via. Mas é hora de você me ver como *eu* me via.

Lorraine levantou a mão gigante, depois inclinou-a para baixo, na direção do rosto da filha. Annie tombou para a frente, para perto dos olhos da mãe, que se abriram como um poço profundo, engolindo-a inteira.

No início, as crianças precisam dos pais. Com o tempo, elas os rejeitam. Depois, acabam se transformando neles.

Annie passaria por todos esses estágios com Lorraine. Mas, como acontece com muitos filhos, jamais soube da história do sacrifício da mãe.

Lorraine tinha apenas 19 anos quando conheceu Jerry, de 26. Ela trabalhava numa padaria; ele dirigia um caminhão de entrega de pães. Lorraine nunca tinha viajado a mais de 50 quilômetros de sua cidadezinha e sonhava escapar do tédio e do uniforme sem graça que usava todo dia. Numa tarde, Jerry apareceu com uma jaqueta de camurça e botas sofisticadas e sugeriu que fossem dar uma volta de caminhão. Viajaram durante toda a noite e só pararam ao chegar à Costa Leste. Beberam. Riram. Molharam os pés nas ondas do oceano. Usaram a jaqueta de Jerry como um cobertor para se deitarem na areia.

Três semanas depois, casaram-se numa cerimônia civil, num cartório do centro da cidade. Lorraine usava um vestido com estampa oriental. Jerry usava um paletó esporte marrom. Os dois brindaram com champanhe e passaram o fim de semana num hotelzinho barato na beira da praia, indo nadar e tomando vinho na cama. A paixão era forte, mas, como a maioria das paixões, queimou rápido. Já estava se apagando quando, um ano depois, Annie nasceu.

Jerry não estava presente no nascimento. Estava viajando a trabalho com seu caminhão, o que se transformou em vinte dias de ausência. Foi o irmão de Lorraine, Dennis, que a levou para o hospital.

– Não acredito que ele não está aqui – resmungou Dennis.

– Ele vem – disse Lorraine.

Mas os dias se passaram e Jerry não apareceu. Lorraine estava recebendo telefonemas, amigas querendo visitá-la, perguntando o nome do bebê. Lorraine sabia que nome queria. Era inspirado em uma mulher de quem sua avó costumava falar, Annie Edson Taylor, que em 1901, aos 63 anos, entrou num barril e se tornou a primeira pessoa a descer as cataratas do Niágara e sobreviver.

– Aquela velhota tinha *coragem* – maravilhava-se sua avó.

Dizia "coragem" como se fosse algo raro e precioso. Lorraine queria isso para sua filha. Ela própria desejava ter mais coragem.

Quando Jerry finalmente voltou para casa, era uma noite de terça-feira e ele fedia a álcool. Lorraine estava com o bebê no colo. Forçou um sorriso.

– Esta é a nossa filha, Jerry. Ela não é linda?

Ele inclinou a cabeça.

– Que nome vamos botar?

– Annie.

Jerry fungou.

– Que nem o filme? Por quê?

A partir desse momento, Lorraine sentiu como se estivesse criando Annie sozinha. Jerry fazia viagens cada vez mais longas. Passava semanas fora. Quando estava em casa, queria dormir sem ser incomodado, queria a comida na hora certa e exigia toda a atenção da mulher quando estava disposto a lhe dar alguma atenção.

Lorraine levantava os olhos a cada choro da filha, mas Jerry segurava seu queixo e virava seu rosto de volta para ele, dizendo:

– Ei, eu estou falando.

À medida que os meses passavam, a raiva dele ia aumentando – assim como sua força física. Lorraine sentia vergonha do medo que passara a sentir dele e da rapidez com que reagia às suas exigências, na esperança de não ser agarrada ou empurrada. Os dois nunca saíam de casa. Ela passava os dias lavando roupa e louça. Às vezes se perguntava como as coisas tinham mudado tanto em tão poucos anos. Frequentemente fantasiava sobre como sua vida seria se ela não tivesse trabalhado naquela padaria, se não tivesse conhecido Jerry, se não tivesse entrado no caminhão dele naquela noite, se não tivesse tido tanta pressa para se casar.

Mas então se censurava por imaginar um mundo sem a filha, pegava Annie e sentia o corpinho dela no seu, as bochechas macias e os braços dela em volta de seu pescoço, e isso apagava todos os pensamentos sobre outra vida.

Este é o poder que as crianças têm de nos desarmar: as necessidades delas fazem a gente se esquecer das nossas.

Quando Annie fez 3 anos, Lorraine sentiu que seu casamento não duraria. No quarto aniversário, teve certeza disso. As ausências de Jerry não tinham mais a ver apenas com o trabalho, e quando ela o confrontava em relação a outras mulheres, a violência explodia. Lorraine o tolerava devido a uma culpa equivocada e à crença em que a menina precisava de um pai, por pior que ele fosse.

Mas quando Jerry dirigiu sua raiva para Annie, dando um tapa após outro quando a menina simplesmente abriu o freezer contra a vontade dele, Lorraine encontrou uma força que não conhecia. Expulsou-o de casa. Trocou as fechaduras. Naquela noite, abraçou a filha e chorou encostada em seu cabelo encaracolado. E Annie também chorou, porque a mãe estava triste.

O divórcio se arrastou. Jerry dizia que não estava trabalhando. O dinheiro virou um problema. Lorraine arranjou trabalho datilografando em casa. Sabendo que Annie estava confusa com a ausência do pai, tentou criar um mundo feliz para ela. Encorajava a menina a dançar à vontade, a cantar alto; as duas corriam juntas entre os aspersores de água e se divertiam com jogos de tabuleiro durante horas. Lorraine deixava Annie experimentar batom cor-de-rosa na frente do espelho e escolher a roupa de sua super-heroína predileta no Halloween. Durante muitos meses, mãe e filha dividiram a mesma cama, e à noite Lorraine fazia Annie dormir com uma cantiga de ninar.

Mas o tempo passou e as contas começaram a se acumular, então Lorraine precisou arranjar um emprego formal. Pedia aos vizinhos que vigiassem Annie depois da escola e chegava exausta todos os dias. A filha passou a dormir no próprio quarto. Homens do trabalho de Lorraine começaram a convidá-la para sair – e ela aceitava prontamente, em especial quando eles pagavam a babá. Ela teve uma sequência de relacionamentos curtos, nenhum bem-sucedido. Continuou tentando. Esperava mudar de vida.

Então chegou aquele dia no Ruby Pier, quando teve o que desejava, mas não do jeito que queria.

～

No céu a visão pode ser compartilhada, e Annie, depois de cair dentro dos olhos da mãe, se viu em meio a uma das lembranças de Lorraine. Ela estava sentada a uma mesa no quintal da primeira casa em que moraram. O céu estava branco. No varal, roupas e lençóis balançavam com o vento, assim como em outros varais de outros quintais. Lorraine estava usando sapatos de salto, saia azul e blusa branca, roupas do trabalho. Havia um envelope de papel pardo em seu colo e documentos em suas mãos.

– Sabe o que é isso, Annie?

Ainda tentando entender como tinham chegado ali, Annie balançou a cabeça, dizendo que não.

– São de um advogado. Seu pai mandou.

Annie não entendeu.

– Por quê?

– Ele disse que eu não era uma boa mãe. Por causa do seu acidente. Queria ficar com a guarda.

– A minha?

– Em tempo integral.

– Mas eu não via o papai...

– Fazia anos. Eu sei. Mas ele queria processar o parque de diversões, e para isso precisava de você. Achava que ganharia muito dinheiro. E quando Jerry colocava na cabeça alguma ideia sobre dinheiro, ninguém tirava.

Lorraine respirou fundo.

– Eu sabia como seria sua vida se ele pegasse você. Sabia como ele era violento. Por isso tomei uma decisão.

Annie olhou para a janela do quarto. Viu-se ainda menina, olhando para fora.

– Eu me lembro desse dia... Foi quando aqueles repórteres apareceram.

– Isso mesmo.

– Nós fomos embora no dia seguinte.

– Nunca contei para você o motivo.

Lorraine baixou os papéis.

– Agora você sabe.

Ela se levantou e ajeitou a saia.

– Portanto, este é o começo – disse.

– Começo de quê?

– Do fim dos nossos segredos. Venha. Tenho mais coisas para mostrar.

Annie se sentiu flutuando ao lado da mãe. O céu da tarde se dissolveu no amanhecer e ela viu o carro com as duas se afastando na manhã seguinte, o porta-malas preso com uma corda elástica.

– Eu odiei ir embora – disse Annie.

– Eu sei.

– As coisas nunca mais foram as mesmas.

– Não podiam ser.

– Nós abandonamos tudo.

– Bem, não tudo.

Mãe e filha desceram um pouco, de forma que podiam ver Lorraine ao volante e Annie dormindo no banco ao lado.

– Não abandonamos uma à outra.

Annie comete um erro

Está com 14 anos. A família de Paulo vai se mudar para a Itália.

Annie morre de medo desse dia. Ela e Paulo almoçam juntos agora. Encontram-se entre as aulas. Ela pensa nele como mais do que um amigo, como alguém de quem se possa gostar, ou, do seu jeito jovem, que se possa amar. Mas não faz nada em relação a isso. Os primeiros amores costumam permanecer no coração, como plantas que não podem crescer ao sol.

Mas pensa em Paulo todos os dias. Imagina os dois de mãos dadas, encostados um no outro, passeando no zoológico ou no shopping. Só que agora ele vai embora e Annie não está perdendo apenas o amigo (e mais o que ele ainda não se tornou), mas também seu escudo contra as outras garotas da escola.

Na manhã do último dia de Paulo, Annie está pegando seus livros no armário da escola. Megan, uma das garotas populares que nunca fala com ela, se aproxima e diz:

– Oi.

E Annie, perplexa, responde:

– Oi.

E Megan diz:

– Aposto que você vai sentir saudades do Paulo. – Annie fica vermelha, mas Megan continua: – Não, sério. Ele é bonitinho. Eu sentiria saudades dele, se ele me notasse como nota você.

Annie está surpresa com as palavras e o tom de voz dela. É carregada pela possibilidade de ter uma nova amiga. Megan sorri e Annie sente uma ânsia de agradá-la.

– Olha – *diz Annie, abrindo um caderno.*

É um desenho a lápis que ela fez de Paulo durante a aula, quando estava entediada. Annie é habilidosa e o desenho é grande, com os olhos de Paulo enormes e enfatizados.

– Ah, meu Deus, é lindo! – *exclama Megan.* – Preciso tirar uma foto. – *Ela pega um pequeno telefone e, antes que Annie possa reagir, aperta um botão. Annie nunca viu um telefone que também é máquina fotográfica.*

– É novo – *diz Megan, balançando-o na frente de Annie.* – Maneiro, não é?

Ela mostra outras fotos a Annie, as amigas sorrindo para a lente. Annie se sente dentro de um círculo especial.

O sinal toca.

– Tchau – *diz Megan.*

Annie a observa se afastar rapidamente. Talvez a partida de Paulo não seja o fim, pensa. Talvez possa conversar com Megan sobre ele – e sobre as outras coisas que as garotas populares conversam. É um sentimento novo, e Annie permite que essa sensação a preencha.

No fim das aulas vai na direção do armário de Paulo, onde costuma encontrá-lo. Tem um plano. Os dois vão se falar como fazem normalmente, talvez por mais tempo dessa vez. Quer dar o desenho a ele. Quer pedir que ele escreva da Itália e dizer que vai escrever de volta. Acima de tudo, quer beijá-lo. Não pareceria esquisito demais, já que ele vai embora. As pessoas se beijam, não é? Um beijo no rosto? Ou talvez um selinho na boca? Passou o dia inteiro pensando nisso. Muitos dias, na verdade.

Vira para o corredor.

Congela.

Um grupo de alunos está na frente do armário de Paulo, fazendo um círculo em volta dele. Todos riem, garotas e garotos. Megan também está ali, mostrando o telefone para todo mundo.

– Cara, parece mesmo você! – exclama um garoto.

– Ela está te perseguindo! – zomba outro.

Todo mundo cai na gargalhada. Annie olha para Paulo. Ele não está dizendo nada.

De repente um aluno vê Annie e diz:

– Epa!

Eles dão tapinhas uns nos outros e se viram para ela. É como levar uma série de flechadas. Annie mal consegue engolir a saliva. Vê Megan escondendo o telefone.

Normalmente, Annie se encolheria e sumiria. Mas alguma coisa no fato de Paulo estar no meio deles faz com que ela se sinta diferente. É como se tivessem pegado a última coisa que era sua. Com os pés se movendo por conta própria, ela avança enquanto os outros alunos recuam como ímãs de polos invertidos. Está cara a cara com Megan.

Annie engole em seco.

– Posso ver também? – pede.

Megan revira os olhos. Levanta o telefone. Annie vê a foto do seu desenho. Paulo. Os olhos grandes.

– Por que você mostrou isso pra todo mundo? – pergunta com a voz trêmula. – Não é seu.

E se vira para Paulo.

– Eu ia dar para você.

Paulo fica boquiaberto. Não diz nada. Por um momento, todos permanecem imóveis. Então, com Paulo a centímetros de distância, algo se agita dentro de Annie, impelindo-a para a frente. Quando se dá conta, ela está com os lábios colados nos dele. Isso dura um segundo. Ela sente lágrimas lhe escapando dos olhos.

– Adeus – sussurra.

Em seguida se vira e vai embora, lutando contra o impulso de correr. Ouve uma garota gritando:

– É, sai daqui, otária.

Ouve outra pessoa dizer:

– Ah... meu... Deus.

Quando vira o corredor, não se segura mais. Corre e continua correndo, sai da escola pelos fundos e ganha a rua com lágrimas ardendo no rosto.

Chega a um parque e se deixa cair num banco, ao lado de duas latas de lixo enormes. Fica lá até escurecer. Quando entra em casa, a mãe está lívida.

– Por que chegou tão tarde? – grita ela.

– Porque eu quis! – grita Annie de volta.

Lorraine a deixa de castigo durante um mês.

No dia seguinte, Paulo vai embora.

Todos os filhos guardam segredos. Todos os pais também. Nós moldamos a versão em que queremos que os outros acreditem, incrementando o disfarce e ocultando a verdade. É assim que podemos ser amados pelos nossos familiares e, ao mesmo tempo, enganá-los.

Desde a viagem apressada pelo país até as novas raízes na zona rural do Arizona, Lorraine guardou muito bem seus segredos. Fez um esforço enorme para apagar o passado. Livrou-se das fotos antigas. Parou de ligar para velhos amigos. Nunca falava do ex-marido. Jamais mencionava o Ruby Pier.

Esperava que um novo estado lhe trouxesse uma nova vida. Mas as coisas que fazemos nunca ficam para trás. Como uma sombra, elas nos seguem aonde vamos.

Annie, por sua vez, tinha desistido das velhas esperanças. Aos 16 anos já havia aceitado seu papel como pária no colégio. Tinha poucos amigos e passava boa parte do tempo em casa, lendo ao lado de sua cachorrinha, Cleo. Seu corpo tinha se desenvolvido e às vezes ela pegava alguns garotos a olhando, se estivesse usando roupa justa. A atenção deles a confundia. Era bom ser notada, mas queria ser conhecida. E eles nunca falavam com ela.

Um dia, na aula de História, a professora estava perguntando sobre raízes familiares.

– E você, Annie?

Annie afundou na cadeira. Odiava ser chamada. Virou a cabeça para o lado e viu um dos garotos a encarando.

– Não sei muita coisa – respondeu.

Outro aluno repetiu suas palavras com uma voz infantil e a turma gargalhou. Annie ficou vermelha.

– Bem, você não nasceu no Arizona, certo?

– É – admitiu Annie, violando uma das regras da mãe.
– Então de onde você vem?

Tentando acabar logo com aquilo, Annie revelou alguns detalhes sobre a cidade onde nasceu, há quantos anos saíra de lá, de onde achava que seus avós eram.

– E por que se mudou para cá? – indagou a professora.

Annie ficou paralisada. Não conseguiu pensar numa mentira. Ouviu alguém zombando.

– Não é uma pergunta complicada.
– Eu sofri um acidente – murmurou ela.

Fez-se um silêncio incômodo.

– Certo. Quem mais gostaria de responder? – perguntou a professora.

Annie soltou o ar.

Antes do fim da aula, a professora pediu que os alunos pesquisassem o que estava acontecendo no mundo no dia em que tinham nascido. Eles poderiam usar a biblioteca da escola ou, se tivessem acesso, mecanismos de busca por computador, que eram uma grande novidade.

Annie não tinha computador. Usou os microfilmes da biblioteca. Ficou sabendo que no dia de seu nascimento uma crise na África do Sul terminou e um famoso jogador de hóquei quebrou um recorde da liga. Anotou isso.

Alguns dias depois, os alunos falaram sobre suas descobertas. Na sua vez, Annie se levantou, recitou seus poucos fatos e se sentou rapidamente, aliviada. Olhou pela janela, distraída, até ouvir Meghan, a garota que havia arruinado tudo com Paulo, terminar seu relato com as palavras:

– Além disso, eu usei um computador e descobri que o "acidente" de Annie foi num parque de diversões e que uma pessoa morreu por causa dela.

Os alunos ficaram boquiabertos. Um gritou:

– *O quê?*

Annie sentiu calafrios. Começou a tossir. Não conseguia recuperar o fôlego. Sua mente corria entre os rostos que a encaravam ali e aquele dia no Ruby Pier, repassando fragmentos, a viagem de trem, a mãe indo embora com Bob e a deixando sozinha. Estava tonta. Seu braço escorregou da carteira.

– Annie, você está bem? – perguntou a professora. – Venha, venha comigo...

E rapidamente a levou para fora da sala.

Quando chegou em casa naquele dia, Annie entrou no trailer, jogou os livros na mesa e, aos gritos, questionou a mãe sobre o que Meghan tinha dito na sala de aula. Diante de uma pilha de contas, Lorraine ficou imóvel por um momento. Depois voltou a escrever, espiando a filha por cima dos óculos de leitura.

– Você sabia que era um parque de diversões – disse, por fim.

– E o resto, mãe?

– Que resto?

– Eu matei alguém?

– Claro que não! – Lorraine tampou a caneta. – Isso é uma mentira maldosa contada por uma garota má.

– Tem certeza?

– Como você pode pensar uma coisa dessas?

– Alguém morreu?

– Foi um acidente sério, Annie. Havia trabalhadores. Gente que operava os brinquedos. Visitantes do parque. Muita gente foi afetada. Você foi uma *vítima*, lembra? Nós podíamos ter processado o parque. Talvez eu devesse ter processado... Olhe para todas essas contas!

– Mãe, alguém *morreu*?
– Um funcionário, eu acho. Ninguém que você conhecesse.
– O que mais aconteceu?
Lorraine tirou os óculos.
– Você precisa mesmo de mais detalhes? Agora, de repente? Nós já não passamos por coisas demais?
– Nós? – gritou Annie. – Verdade, mãe? NÓS?
– É, Annie! – gritou Lorraine de volta. – NÓS!
– Eu não tenho *amigos*, mãe! Quero ter amigos!
– Eu também gostaria de ter alguns, Annie!
– Nunca mais vou voltar para aquela turma!
– Você nunca mais vai voltar para aquela escola!
– Ótimo!
– Ótimo!
As duas estavam vermelhas e ofegantes. Lorraine foi para a cozinha. Abriu a torneira e esfregou as mãos com força embaixo d'água.
– Francamente, que tipo de ensino é esse? Pesquisar o dia do nascimento? Assim vale mais a pena você estudar em casa.
– Não vou fazer isso! – gritou Annie.
– Então vamos arranjar algum lugar.
– Ai, meu Deus, mãe! Meu Deus!
Annie desabou no sofá, puxou uma almofada e cobriu o rosto.
Naquela mesma semana, foi transferida para outra escola. Não gostou. Foi transferida de novo. O assunto do acidente nunca mais foi mencionado.
Mas não é só porque uma lembrança é silenciada que você estará livre dela.

A mudança de escola deixou Annie mais decidida a escapar das restrições de Lorraine. No último ano do colégio, arranjou um modo de fugir totalmente delas.

Um namorado com um carro.

O nome dele era Walt: um ano mais velho do que Annie, magro, com nariz afilado e costeletas triangulares. Annie passava a maior parte das tardes e dos fins de semana com ele. Walt fumava cigarros enrolados à mão e gostava de música grunge. Achava Annie curiosa ("Você é estranha, mas no bom sentido", dizia), o que a agradava porque significava atenção, inclusive atenção física, a primeira que ela recebia por parte de um garoto.

A essa altura, Annie tinha se desenvolvido e ficado alta, com o corpo bonito, cabelos compridos, encaracolados e rebeldes e, como todo mundo parecia observar, dentes bonitos e retos. Vestia roupas modestas, preferindo leggings e tênis velhos. Terminou o ensino médio com notas boas e dois amigos: Judy, que usava óculos com armação de chifre e roupas da década de 1950, e Brian, um gênio da matemática com um bigode fino que ele vivia repuxando.

Annie não viu nenhum dos dois depois da cerimônia de formatura. Só ficou por tempo suficiente para receber o diploma e um aperto de mão do diretor da escola, que sussurrou:

– Boa sorte, Annie. Você pode ir longe.

Annie foi. Saiu do palco e partiu direto para o estacionamento, onde Walt esperava perto de seu Nissan cupê verde.

– É isso aí, acabou – disse ele.

– Graças a Deus.

– Aonde você quer ir?

– Qualquer lugar.

– Precisa ligar para a sua mãe?

– Eu disse para ela não vir. Mas deve ter vindo mesmo assim.

– Ela ainda está no auditório?

– Acho que sim.

Walt olhou para trás.

– Adivinha só.

Annie se virou e viu a mãe, de saia e blazer turquesa, um chapéu *cloche* na cabeça, bamboleando pelo gramado da escola, os saltos altos afundando na grama. Lorraine acenou e gritou:

– Annie! O que você está fazendo?

O vento soprava forte, e ela segurou o chapéu.

– Vamos – murmurou Annie.

– Não quer esperar?

– Eu disse *vamos*.

Ela entrou no carro e bateu a porta. Walt ligou o motor. Os dois partiram, deixando Lorraine, com a mão no chapéu, olhando-os passar a toda a velocidade por uma placa que dizia PARABÉNS, FORMANDOS!

Annie não falou com ela durante um ano.

⁓

Durante esse tempo, Annie foi morar com Walt no porão da casa do pai dele, um pequeno bangalô rústico a uma hora do parque de trailers. Estando tão longe, Annie sabia que não existia chance de esbarrar com a mãe, e gostava dessa liberdade. Cortou a franja e pintou o cabelo de lilás. Walt lhe deu uma camiseta em que estava escrito NÃO TE DEVO NADA. Ela a usava com frequência.

O pai de Walt trabalhava à noite numa fábrica de laticínios. Walt consertava carros numa oficina ali perto. As notas de Annie na escola lhe garantiram uma bolsa na faculdade local, onde ela estudou literatura inglesa e fotografia, imaginando que algum dia tiraria fotos para uma revista de viagens. Talvez fosse à Itália, descobrisse onde Paulo morava, aparecesse com uma máquina fotográfica e dissesse: *"Ah, oi, que coincidência!"*

Ao longo dos meses, pensou algumas vezes em telefonar para a mãe, especialmente quando Walt agia feito criança, fazendo beicinho por causa de comida ou não querendo tomar banho antes de sair. Mas, como muitas pessoas da sua idade, Annie tinha mais sede de independência do que necessidade de orientação. Além disso, quem era sua mãe para lhe dar conselhos sobre homens? Annie não suportaria ouvir o que certamente a mãe diria: *"É realmente assim que você quer passar a vida, Annie? No porão do seu namorado?"* Esse pensamento a fazia largar o telefone.

Então, no verão seguinte, ela passou no hospital para surpreender seu tio Dennis, que tinha se transferido para o Arizona alguns anos antes. Passava das cinco da tarde e não havia ninguém na recepção, por isso foi até o consultório dele e bateu à porta. Ouviu um "Sim?" abafado e girou a maçaneta.

– Annie? – disse Dennis, arregalando os olhos.

– Oi, eu estava por...

Ela parou. Sua garganta se apertou.

Sentada numa cadeira, a centímetros de distância, estava sua mãe. Tinha o rosto magro, os olhos fundos. Por baixo de um suéter azul e uma calça marrom, os membros estavam mais finos do que Annie jamais tinha visto, uma magreza doentia, como se ela tivesse derretido.

– Oi, querida – disse Lorraine, com a voz fraca. Em seguida, olhou para o irmão. – Você não vai precisar contar para ela, afinal.

༶

O câncer tinha atacado rapidamente e em seis meses havia se

espalhado, impossibilitando qualquer chance de cura. Nesse ponto, o tratamento visava mais ao conforto do que à recuperação.

Atônita com a súbita reviravolta, Annie não sabia como reagir. Sentia-se culpada por ter estado ausente quando a mãe precisava dela e obrigada a compensar seu erro dedicando a ela todo o tempo que pudesse. Uma ida à farmácia. Um encontro num café depois do trabalho. Num instante estavam de novo na órbita uma da outra. Mas as conversas tinham menos a ver com o que era dito do que com o que não era dito.

– Como está seu chá? – perguntava Annie.

– Bom – respondia Lorraine.

Nenhuma das duas tinha forças para confrontar as emoções que escondiam. Eram educadas.

– Como vai a faculdade? – perguntava Lorraine.

– Bem – respondia Annie.

Davam beijos no rosto. Annie abria a porta do carro para a mãe entrar e segurava o braço dela quando andavam. Talvez, se houvesse mais tempo, a parede entre as duas tivesse desmoronado.

Mas o mundo não atende ao nosso tempo.

– Eu te amo, Annie – murmurou Lorraine com voz rouca uma noite, quando Annie lhe entregou um prato de legumes.

– Coma – disse Annie. – Você precisa ganhar força.

– O amor é força.

Annie tocou o ombro da mãe. Sentiu a aresta do osso, como se a pele mal existisse.

Dois dias depois, o celular de Annie a acordou antes do despertador.

– É melhor vir para o hospital – sussurrou Dennis.

Ele começou a chorar. E Annie chorou também.

O número de pessoas no cemitério era pequeno, devido ao segredo que Lorraine havia criado em torno da vida das duas. Apenas Annie, Walt, tio Dennis e alguns colegas de trabalho estavam perto da sepultura enquanto um pastor recitava uma oração.

– É engraçado – disse Lorraine agora, no céu, enquanto a cena aparecia diante delas. – A gente sempre pensa no próprio enterro. Qual será o tamanho? Quem vai comparecer? Na verdade, isso não importa. Ao morrer, você percebe que o enterro é para as outras pessoas, não para você.

As duas observaram Annie, de vestido preto, soluçando no ombro do tio.

– Você estava tão triste! – comentou Lorraine.
– Claro.
– Então por que se afastou durante tanto tempo?
– Sinto muito, mãe.
– Sei que você sente. Estou perguntando por quê.
– Você sabe por quê. – Annie suspirou. – Você me deixava com vergonha. Me sufocava. Proibia qualquer atividade social, qualquer chance que eu tinha de me divertir. Eu me sentia prisioneira da minha própria infância. Não podia fazer amigos. Não podia fazer nada. Todo mundo me achava esquisita, a garota cuja mãe não a deixava ir a lugar nenhum. – Annie levantou a mão esquerda. – E isso também não ajudava.

Lorraine desviou os olhos. A imagem do cemitério sumiu.

– O que você sabe realmente sobre aquele dia?
– No Ruby Pier?
– É.
– Não sei nada, lembra? É o grande buraco negro da minha vida. Você nunca quis falar a respeito. Sei que nós fomos para lá de trem. Compramos bilhetes para os brinquedos. Depois eu acordei toda enfaixada no hospital...

Annie sentiu a antiga raiva crescendo. Balançou a cabeça. De que adiantava ter raiva no céu?
– Bem, é isso que eu sei – resmungou.
– Eu sei mais – disse a mãe, segurando a mão de Annie. – E é hora de contar.

A terceira lição

De repente, estavam de volta no Ruby Pier, sob um sol quente de verão. No primeiro plano havia um passeio comprido e largo, feito de tábuas, cheio de veranistas. Pais empurravam carrinhos de bebê. Corredores e skatistas serpenteavam na multidão.

– Eu conheço essas pessoas? – perguntou Annie.

– Olhe mais para baixo – disse a mãe.

Embaixo do passeio de tábuas Annie viu sua mãe mais jovem, caminhando na areia com Bob. Lorraine estava descalça, segurando os sapatos. Bob ficava puxando-a para perto, mas ela o empurrava, brincando. Então, num determinado momento, Lorraine olhou para o relógio e depois para o mar. Bob puxou o queixo dela e beijou sua boca com força.

– Você já pensou em voltar atrás em um momento da sua vida? – perguntou Lorraine, assistindo à cena ao lado da filha. – Um momento em que você estava fazendo algo totalmente sem importância enquanto deixava passar algo fundamental?

Annie assentiu.

– Esse aí foi o meu – disse sua mãe. – Naquele momento, na praia, eu estava pensando em você. Eu me lembro direitinho porque meu relógio marcava 3h07, como a data do seu aniversário. Pensei: "Eu deveria voltar para perto da minha filha."

– Mas não voltou.

– Não – disse Lorraine, baixinho. – Não voltei.

Continuaram a olhar Bob agarrando Lorraine, beijando seu pescoço. Ele puxou o braço dela e os dois caíram na areia.

– Fiz um monte de escolhas ruins depois que seu pai foi embora – continuou Lorraine. – Eu me sentia indesejada, feia, sentia que, sendo mãe sozinha, os homens não se interessariam por mim. Por isso exagerava. Procurava um após outro. Queria mudar de vida.

Annie se lembrou da fila constante de namorados da mãe chegando depois da sua hora de dormir. Ela se esgueirava para fora do quarto e observava de cima da escada a mãe sair com o homem mais recente enquanto uma babá fechava a porta.

– Eu ainda era nova – disse Lorraine. – Queria recomeçar. Queria coisas que não tive com seu pai: segurança, afeto. Ele me trocou por outras mulheres, e acho que, no fundo, eu queria provar que ele estava perdendo alguma coisa.

Ela ficou em silêncio por um instante, como se refletisse sobre aquilo.

– Que besteira – continuou. – O amor não é vingança. Não pode ser jogado como uma pedra. E você não pode inventá-lo para resolver seus problemas. Forçar o amor é como colher uma flor e depois esperar que ela cresça.

Embaixo do passeio de tábuas, Bob parou de agarrar Lorraine para tirar o paletó. Esticou-o na areia, atrás dos dois. Annie notou sua jovem mãe segurar os cotovelos, com uma súbita expressão de medo.

– Foi nesse momento que eu percebi – declarou Lorraine. – Seu pai tinha feito exatamente a mesma coisa anos antes, quando ficamos juntos pela primeira vez. Uma praia. A jaqueta dele. Nós dois deitados na areia. Foi assim que tudo começou. Percebi que eu estava fazendo as mesmas bobagens que tinha feito com ele. Por que achei que alguma coisa seria diferente?

Ela fitou Annie nos olhos.

– Sinto muito, querida. Eu estava tão desesperada para encontrar alguém que me amasse, que esqueci que já tinha a melhor pessoa. Você.
– Ah, mãe... – sussurrou Annie. – Eu não sabia de nada disso.
Lorraine assentiu.
– Eu também não sabia direito, até aquele dia.
Ela apontou para o passeio outra vez. As duas viram Lorraine pegar os sapatos e se levantar rapidamente. Irritado, Bob puxou suas pernas, mas ela conseguiu se soltar e saiu correndo. Bob deu um soco no chão, espalhando areia para todos os lados.
– Nessa hora, Annie, eu só queria pegar você, levar você para casa, tomar um sorvete. Queria fazer de você a menina mais feliz do mundo. Foi como se uma cortina se abrisse diante dos meus olhos. Eu podia parar de procurar todos aqueles homens que não eram certos para mim, parar com os telefonemas idiotas, com os flertes. Eu finalmente estava enxergando as coisas direito.
– E o que aconteceu?
Lorraine desviou o olhar.
– Só porque a gente enxerga as coisas direito não significa que as enxerga a tempo.

As duas viram Lorraine entrar correndo no Ruby Pier. Uma ambulância passou velozmente por ela, as luzes piscando. Policiais gritavam em rádios. Lorraine girava de um lado para outro, confusa, enquanto pessoas se agitavam na área dos brinquedos. Atravessou a maré de curiosos, passou pelos carrinhos de bate-bate, pelas xícaras giratórias, pela praça de alimentação, o tempo todo gritando o nome da filha.
Por fim, depois de uma hora de busca infrutífera, viu um

policial falando com um funcionário do parque, um rapaz magro com um aplique escrito DOMINGUEZ na camisa. Os dois estavam ao lado de um cordão de isolamento amarelo. O homem magro tinha lágrimas nos olhos.

– Vocês podem me ajudar? – interrompeu Lorraine. – Desculpe. Sei que estão ocupados, cuidando do que quer que tenha acontecido aqui, mas a minha filha... Não consigo encontrá-la. Já procurei em toda parte. Estou preocupada.

O policial olhou para Dominguez.

– Como ela é? – perguntou o policial.

Lorraine descreveu Annie. O shortinho jeans. A camiseta verde-limão com o desenho de um pato na frente.

– Ah, meu Deus – sussurrou Dominguez.

Annie notou o céu ganhar um tom vermelho opaco.

– Foi o pior momento da minha vida – disse Lorraine. – Quando minha filha mais precisava de mim, eu estava com um homem de quem nem gostava.

Ela respirou fundo.

– Quando cheguei ao hospital, já tinham começado a cirurgia. Precisei perguntar o que estavam fazendo. Eu. Sua mãe. Perguntando o que estava acontecendo, como se fosse uma estranha. Chorei demais. Não somente pela sua dor, mas pela minha humilhação.

Ela hesitou por um instante.

– Sabe todas aquelas regras? – perguntou Lorraine. – Todos os limites, os toques de recolher que eu impunha? Era tudo por causa daquele dia. Não queria cometer outro erro.

– Isso só me fez odiar você – disse Annie num sussurro.

– Não mais do que eu mesma me odiava. Eu não protegi você. Deixei você sozinha. Depois disso, nunca mais consegui pensar em mim como uma boa mãe. Sentia muita vergonha. Eu era dura com você quando na verdade estava tentando ser dura comigo. Nossos arrependimentos nos deixam cegos, Annie. Não percebemos quem estamos castigando enquanto castigamos a nós mesmos.

Annie pensou por um momento.

– Essa é a lição que você veio me ensinar?

– Não – murmurou Lorraine. – Esta sou eu contando meu segredo mais doloroso.

Annie olhou o rosto jovem e imaculado da mãe; o rosto de uma mulher com seus 20 e poucos anos. Foi então que sentiu algo que ainda não experimentara na vida após a morte: a necessidade de confessar.

– Eu também tenho um segredo – disse.

Annie comete um erro

Está com 20 anos. Grávida. Uma velha, entrando no consultório do médico, segura a porta para ela sair.
– Não precisa fazer isso – diz Annie.
– Tudo bem – responde a mulher.
Annie põe a mão na barriga. A gravidez aconteceu sem planejar. Ela e Walt ainda estavam morando no porão, o relacionamento prosseguindo por inércia, a falta de opção melhor tornando mais fácil continuar do que terminar.
Até que um dia, sentindo um cansaço incomum, Annie foi à clínica do campus. Pensou que estivesse gripada. Fez um exame de sangue.
– Bem, não é gripe – começou o médico quando ela voltou no dia seguinte para pegar o resultado.
Annie passou o resto do dia escondida na biblioteca, com uma das mãos na barriga e a outra apertando um lenço de papel. Grávida?, pensou. Estava tão assustada que mal conseguia se mexer. Foi só quando um faxineiro a cutucou, dizendo "Vamos fechar", que ela se levantou e se arrastou até sua casa.
A conversa com Walt não foi boa. Depois de uma risada nervosa, ele soltou uma sequência de palavrões e ficou subindo e descendo a escada durante meia hora. Finalmente, concordou em se casar com Annie por causa da criança.
– Antes que a barriga comece a aparecer – insistiu ela.
– Tá, tudo bem.
No mês seguinte, deram entrada nos documentos. Duas

semanas depois, foram ao cartório, assinaram os papéis e tornaram a coisa oficial (como Lorraine e Jerry tinham feito décadas antes).
Walt contou para o pai.
Annie não contou para ninguém.
Assim como a mãe, Annie enfrentaria a maternidade não programada. Assim como a mãe, tinha um marido nem um pouco entusiasmado. Às vezes queria que Lorraine ainda estivesse viva. Queria perguntar a ela o que esperar. Mas, na maior parte do tempo, achava bom a mãe não estar ali. Não suportaria ver a decepção nos olhos dela. E, sem dúvida, não suportaria o "Não avisei para você se cuidar?" que sabia que ouviria. Ela havia se tornado a personificação de todas as fobias da mãe: uma filha idiota que não tinha a cabeça no lugar e agora estava com o número do obstetra num papelzinho grudado no porão do sogro.
Walt ficou dócil, como um cachorrinho que levou uma bronca. Falava pouco quando voltava para casa à noite, optando por assistir à televisão durante horas, o corpo tão afundado no sofá que parecia ser uma almofada a mais. Annie não reagia. De que adiantava? Passara a acreditar que viver com um homem tinha mais a ver com tolerância do que com romance, e que o casamento era apenas mais uma frustração no caminho.

～

Agora, de volta ao consultório médico, a velha que está segurando a porta sorri para Annie.
– Quanto tempo?
– Sete meses.
– Falta pouco!

Annie confirma com a cabeça.

– Bem, boa sorte – diz a mulher.

Annie vai embora. Faz muito tempo que não se sente com sorte.

Naquela noite não janta. Está inquieta. Decide montar uma estante de plástico. Quando se vira, sente uma dor aguda no abdômen. A dor a faz se dobrar.

– Ah, não... – geme. – Não... não... Walt!

Walt corre com ela para o hospital. Deixa o carro perto da entrada da emergência. A próxima coisa que Annie percebe é que está numa maca, sendo empurrada por um corredor.

O bebê nasce logo depois da meia-noite: um menino minúsculo, pesando menos de 1 quilo e meio. Annie só o vê horas depois, dentro de uma incubadora na UTI neonatal. Com o parto prematuro, os pulmões do menino não se desenvolveram completamente.

– Precisamos ajudá-lo a respirar – diz um médico.

Annie fica sentada, vestida com uma camisola do hospital, olhando a incubadora. Ela é realmente uma mãe agora? Não tem nem permissão de tocar no filho. Existem tubos para alimentá-lo e medicá-lo, um esparadrapo branco que atravessa as bochechas rosadas para segurar um dispositivo de respiração e uma touca pequenina sobre a cabeça e as orelhas, para mantê-lo aquecido. Os aparelhos estão cuidando de tudo. Annie se sente trancada do lado de fora.

O dia vira noite, a noite vira dia outra vez, e ela permanece sentada, imóvel, vendo um desfile de médicos, enfermeiras e funcionários do hospital.

– Quer telefonar para alguém? – pergunta uma enfermeira.

– Não.

– Quer café?

– Não.

– Quer descansar um pouco?
– Não.

O que ela quer, mais do que tudo, é enfiar a mão na câmara, agarrar aquela criatura minúscula e sair correndo. Pensa na mãe e na ocasião em que fizeram as malas e desapareceram.

Então, às 10h23 da manhã, um monitor começa a soltar bipes e uma enfermeira entra, seguida por outra, seguidas por um médico. Em minutos a incubadora está sendo levada às pressas para a sala de cirurgia. Mandam Annie esperar.

O bebê não volta.

Três dias depois do nascimento, o menininho minúsculo morre. Os médicos estão sérios, afirmando que fizeram o máximo que puderam. As enfermeiras sussurram:

– É a coisa mais difícil do mundo.

Annie permanece estoica, olhando sem expressão para a compaixão deles e a sala agora vazia. Ouve Walt murmurar repetidamente:

– Ah, cara, não acredito.

Annie encara as paredes, o piso e as pias de metal. Olha os objetos inanimados como se pudesse abrir um buraco neles com os olhos. Horas depois, uma assistente social segurando uma prancheta se aproxima cautelosamente para pedir alguma informação necessária para "a papelada" – a papelada quer dizer a certidão de óbito.

– Qual era o nome da criança? – começa ela.

Annie é pega de surpresa. Não tinha escolhido um nome. Aquela parece a pergunta mais difícil do mundo. Um nome. Um nome? Por algum motivo, o único nome em que consegue pensar é o da mãe, Lorraine, e sua boca cospe alguma coisa parecida.

– Laurence – murmura.

– Laurence – repete a enfermeira.

Laurence, pensa Annie. A realidade a acerta como um jato de água fria. Assim que ganha um nome, o bebê passa a ser real. E, na mesma hora em que se torna real, ele se vai.

– Laurence? – sussurra Annie, como se chamasse por ele.

Ela chora incontrolavelmente e depois fica muda durante dias.

Quando terminou de contar sua história, Annie percebeu que estava chorando da mesma forma que havia chorado naquele hospital. As lágrimas que caíam no chão criaram uma poça, que cresceu até virar um riacho, que cresceu até virar um rio na cor turquesa, transparente. Árvores apareceram na margem, com folhas grandes e coloridas abertas como guarda-chuvas.

– Você esperou muito tempo para me contar isso – disse Lorraine.

– Uma eternidade – sussurrou Annie.

– Eu sei. Eu senti.

– Aqui?

– Sim.

– Nunca contei para ninguém, a não ser para o tio Dennis. Não contei nem para o Paulo. Não consegui.

Lorraine olhou para as árvores.

– Segredos. Nós achamos que, se os guardamos, estamos controlando as coisas, mas o tempo todo eles é que nos controlam.

– O bebê não conseguia respirar. Depois do acidente com o balão, quando me disseram que Paulo não conseguia respirar, eu revivi tudo aquilo. Falei o que queria ter dito naquela ocasião: "Tirem meus pulmões. Deixem que eu respire por ele. Só salvem a vida dele."

Annie se virou para a mãe em tom de súplica:

– Mãe... Paulo sobreviveu? Só me diga isso. Por favor. Se alguém pode dizer, é você, não é?

Lorraine tocou o rosto dela.

– Não tenho como saber.

Ficaram em silêncio por um tempo. Lorraine mergulhou a mão na água do rio.

– Já contei por que decidi lhe dar o nome de Annie?

Annie balançou a cabeça.

– Por causa de uma mulher que desceu as cataratas do Niágara num barril. Tinha 63 anos. Era viúva. Queria fazer fama, ganhar dinheiro para a velhice. Minha avó costumava dizer: "Aquela velhota tinha *coragem*." Era o que eu queria para você. Coragem.

Annie franziu a testa.

– Acho que eu não atendi às expectativas.

Lorraine levantou as sobrancelhas.

– Ah, atendeu, sim.

– Mãe, por favor. Eu fui o oposto da coragem. Fugi de casa. Morei num porão. Casei pelo motivo errado, tive um filho cedo demais e nem isso consegui fazer direito. Fui inútil por muito tempo.

Sua mãe cruzou os braços.

– E depois?

E depois? Bem, a verdade é que depois Annie encontrou seu caminho. O casamento com Walt foi anulado após ele declarar que tinha sido coagido pela gravidez. Papéis foram assinados. Walt pediu sua calça de pijama de volta.

Annie foi morar com tio Dennis. Não saiu de dentro de casa nos primeiros meses, o dia todo deitada na cama. Chorava pelo bebê. Chorava pela mãe. Chorava pela falta de perspectiva em relação ao futuro. Que objetivo seria capaz de tirá-la daquele quarto? Toda ideia parecia insignificante, irrelevante. Ela estava quebrada.

Mas estar quebrada significava que também estava aberta.

O inverno virou primavera e a primavera se aproximou do verão. Annie começou a se levantar mais cedo. Da janela do quarto via o tio indo para o hospital. Lembrou-se de quando ele se mudara para o Arizona; Annie ainda estava na escola. Um dia perguntou por que ele havia deixado o leste, onde havia crescido. Ele disse:

– Sua mãe é minha família.

Annie quis dizer: "Você está brincando, não é? Você se mudou para cá por causa *dela*?"

Mas agora achava isso bom. Quem mais ela poderia ter procurado?

À noite, ouvia o tio falando com os pacientes pelo telefone, respondendo às perguntas deles com toda a calma do mundo. Frequentemente, no final, dizia: "É para isso que estou aqui." Isso deixava Annie orgulhosa. Dennis era um homem bom e decente, e sua admiração por ele crescia. Com o tempo, uma semente se enraizou em seu pensamento. *É para isso que estou aqui.*

Certa tarde desceu à cozinha, onde Dennis estava assistindo a um jogo de futebol numa TV pequena.

– Oi – disse ele, desligando o aparelho.

– Posso perguntar uma coisa?

– Claro.

– É muito difícil ser enfermeira?

No rio turquesa da outra vida, Lorraine juntou as mãos em concha e recolheu a água, olhando-a escorrer entre os dedos.

– Este é o seu céu? – perguntou Annie.

– Não é lindo? Eu queria serenidade, depois de todos os conflitos da minha vida. Aqui desfruto de uma calma que nunca tive na Terra.

– E estava esperando por mim esse tempo todo?

– O que é o tempo entre mãe e filha? Nunca é de mais, nunca é o bastante.

– Mãe...?

– O quê?

– Nós brigamos um bocado.

– Eu sei. – Ela segurou a mão esquerda de Annie e guiou-a para a água. – Mas é só disso que você se lembra?

Annie sentiu os dedos flutuando e a mente fazendo a mesma coisa. No reflexo da água viu apenas cenas amorosas da infância, incontáveis lembranças: a mãe lhe dando um beijo de boa-noite, desembrulhando um brinquedo novo, colocando chantili em suas panquecas, ajudando Annie a se equilibrar na primeira bicicleta, remendando um vestido rasgado, compartilhando um batom, sintonizando sua rádio predileta. Era como se alguém destrancasse um cofre e todas aquelas boas lembranças pudessem ser resgatadas ao mesmo tempo.

– Mas por que eu não sentia isso antes? – sussurrou.

– Porque nós nos ligamos mais às nossas cicatrizes do que à nossa cura. Conseguimos nos lembrar do dia exato em que nos machucamos, mas quem se lembra do dia em que a ferida sumiu?

Lorraine deu um sorriso triste.

– Desde o momento em que você acordou naquele hospital, eu fiquei diferente com você e você ficou diferente comigo. Ficou fechada. Com raiva. Brigava comigo o tempo todo. Sei que odiava minhas restrições. Mas esse não era o verdadeiro motivo de sua raiva, era?

Lorraine apertou os dedos de Annie.

– Pode revelar esse último segredo? Pode dizer o verdadeiro motivo de seu ressentimento depois do acidente no Ruby Pier?

Annie engasgou. Sua voz mal passava de um sussurro:
– Você não estava lá para me salvar.
Lorraine fechou os olhos.
– É verdade. Pode me perdoar por isso?
– Mãe...
– Sim?
– Você não precisa que eu diga isso.
– Não, não preciso – disse Lorraine baixinho. – Mas você precisa.

Annie começou a chorar de novo, lágrimas de libertação, de expurgação de segredos sufocados durante anos. Percebeu os sacrifícios que Lorraine havia feito antes e depois daquele dia no Ruby Pier, terminando o casamento, abrindo mão da própria casa, abandonando os amigos, sua história, seus desejos, tornando Annie sua única prioridade. Pensou no pequeno funeral da mãe e em como a vida de Lorraine tinha sido anulada para proteger a sua.

– Sim, sim, eu perdoo você, mãe. Claro que perdoo. Eu não sabia. Eu amo você.

Lorraine juntou as mãos.
– Jura?
– Juro.
– Foi *isso* – disse Lorraine, sorrindo – que eu vim ensinar a você.

Em seguida, Lorraine começou a flutuar e pairou acima de Annie por um momento. Depois, com um último toque no rosto da filha, subiu de volta para o céu, até que seu rosto ocupou todo o firmamento outra vez.

– É hora de ir, meu anjo.
– Não! Mãe!
– Você precisa fazer as pazes.
– Mas nós fizemos as pazes.
– Há outra pessoa.

Antes que Annie pudesse responder, o rio se apressou e uma chuva forte começou a cair. Annie foi soprada de lado, cega com o aguaceiro. Sentiu uma pancada súbita no quadril. Um grande barril de madeira bateu em seu corpo. Inclinou-o e entrou nele para se proteger. As paredes estavam manchadas com uma substância marrom e havia almofadas para protegê-la em todo o interior, almofadas que Annie supôs que fossem da época em que sua xará viveu sua famosa aventura. Annie se acomodou, sentada, sentindo o rio trovejar embaixo de si.

Com um tranco brusco, o barril começou a se mover.

Ela ouviu a tempestade e a água batendo nas pedras, mais barulhentas a cada segundo, ameaçadoras, trovejantes. Sentiu medo, algo que ainda não havia sentido desde que chegara ao céu. O barril foi arrastado para uma gigantesca cachoeira, com um ruído tão violento que parecia a própria voz de Deus rugindo. E assim, não tendo nada embaixo de seus pés, Annie experimentou o abandono absoluto da queda livre. Estava impotente, sem nenhum controle.

Enquanto forçava o corpo contra as paredes do barril, olhou para cima, através da cortina de água branca, e viu o rosto da mãe olhando para baixo, sussurrando uma única palavra:

– Coragem.

DOMINGO, 14h14

Tolbert se afastou dos policiais, foi até a lateral do carro e vomitou.

Tinha acabado de ver uma cena que ficaria para sempre gravada em sua mente. O campo verde e aberto tinha vários trechos queimados. No centro estava o cesto de vime, incendiado, irreconhecível. Por toda parte em volta, tiras de tecido carbonizado jaziam como os restos mortais de seu balão, que já fora majestoso.

Uma testemunha do acidente, um corredor usando uma camiseta Reebok amarela, havia relatado à polícia: "O balão se chocou em alguma coisa naquelas árvores e eu vi um clarão de fogo. Ele caiu, bateu no chão e subiu de novo. Uma pessoa caiu. Outra foi jogada para fora. Acho que a última pulou. Então a coisa toda explodiu em chamas."

O corredor tinha gravado parte da cena com o celular e ligado para a emergência. Os três passageiros, dois homens e uma mulher, foram levados para o hospital local.

O choque de Tolbert lutava contra sua raiva. Não conseguia imaginar de onde tinham surgido aqueles dois clientes. Era cedo demais. Nenhum passeio fora agendado para aquele dia. *O que Teddy estava fazendo? Eu só fiquei ausente por algumas horas.*

Passou as mãos pelo rosto várias vezes, depois voltou para perto dos policiais.

– Se não precisarem mais de mim, eu tenho que ir ao hospital – disse.

– Eu levo o senhor – disse um policial.

– Tudo bem.

Tolbert entrou na viatura e se acomodou no banco do carona, ainda tentando entender a tragédia da manhã de domingo, sem fazer ideia do papel que representava nela.

A próxima eternidade

O barril de madeira bateu na superfície da água e submergiu silenciosamente. Annie se espremeu pela abertura e saiu numa vasta profundeza esverdeada, que parecia mais um mar do que a base de uma cachoeira. Bateu os braços e girou a cabeça, o cabelo redemoinhando à sua volta como tentáculos. Lá em cima viu um círculo de luz e nadou naquela direção.

Quando veio à tona, Annie já estava seca. As águas recuaram e ela se viu de pé à beira de um grande oceano cinza, usando um shortinho jeans e uma camiseta verde-limão que cobria seu corpo oco. O céu era de um azul de verão, perfeitamente iluminado – não pelo sol, mas por uma única estrela branca.

Annie sentiu a areia sob os pés e uma brisa suave no rosto. Enquanto andava pela praia, avistou um píer magnífico, com colunas estriadas, uma cúpula em forma de abóboda, uma roda-gigante de madeira e um brinquedo de queda livre.

Era um antigo parque de diversões, parecido com aquele que Annie visitava na infância. Isso a fez pensar na mãe. Tinham finalmente se reconciliado, tirando um enorme peso de suas costas. E então ela se foi. Era injusto demais. Qual era o sentido do céu e daquele desfile de cinco pessoas se cada uma delas a abandonava justo quando ela começava a se sentir melhor?

Você precisa fazer as pazes, dissera sua mãe. Com quem? Por quê? Annie só queria que aquilo acabasse. Estava exausta, como no fim de um dia longo e difícil.

Deu meio passo e tropeçou em alguma coisa na areia. Ao olhar para baixo, viu um marco de pedra. Enquanto a água do mar passava por cima da placa, duas palavras foram reveladas:

EDDIE

MANUTENÇÃO

– Ei, garota – disse uma voz rabugenta. – Dá para sair de cima da minha sepultura?

Annie comete um erro

Está com 25 anos, trabalhando num hospital. Tio Dennis ajudou a pagar a faculdade de enfermagem e Annie, para sua surpresa, acha que combina com a profissão. Sempre se saiu bem em ciências, de modo que não teve dificuldade com as disciplinas da área médica. Mas sua postura com os pacientes é uma revelação. Ela ouve atentamente. Dá tapinhas nas mãos deles. Ri das suas piadas e demonstra compaixão. Parte disso vem de uma infância buscando uma intimidade que nunca chegou. Como enfermeira, os pacientes é que buscam sua atenção, seu conforto e até seus conselhos. Descobre que gosta de dar essas coisas.

Sua supervisora, Beatrice, é uma sulista atarracada que usa batom vermelho e blusas sem mangas mesmo no inverno. Tem um senso de humor fácil e elogia o trabalho de Annie.

– Os pacientes confiam em você – *diz ela.* – Isso é muito bom.

Annie gosta de Beatrice. Às vezes, as duas ficam até tarde conversando na sala de descanso. Numa noite surge o assunto das memórias reprimidas. Annie pergunta se Beatrice acredita nisso, e a supervisora diz que sim.

– As pessoas fazem todo tipo de coisa por causa de situações das quais nem se lembram – *diz Beatrice.* – Metade dos meus parentes faz isso.

Annie decide mencionar seu trauma de infância.

– Aconteceu uma coisa quando eu tinha 8 anos.

– Ah, é?

– Um acidente. Sério. Foi quando eu ganhei isso.
Ela mostra as cicatrizes da mão.
– Ainda a incomoda?
– Quando faz frio. E se eu mexer os dedos...
– Não, estou falando do que aconteceu.
– Essa é a questão. Eu não sei o que aconteceu. Bloqueei.
Beatrice pensa por um momento.
– Há pessoas com quem você pode falar sobre isso.
– É, mas... – Annie morde o lábio.
– O quê?
– Tem mais uma coisa.
– O quê?
– Acho que alguém foi morto.
Os olhos de Beatrice se arregalam.
– Bem, isso é uma história.
– Se eu falar com alguém...
– Você tem medo do que pode descobrir?
Annie confirma com a cabeça.
– Querida, talvez seja por isso que você bloqueou a memória.
Beatrice põe a mão sobre a mão ruim de Annie.
– Quando você estiver pronta para lembrar, vai lembrar.
Annie força um sorriso. Mas imagina se Beatrice vai pensar mal dela, uma mulher com um segredo que ela própria não se permite ver.

A quarta pessoa que Annie encontra no céu

– Não é *realmente* minha sepultura.

Annie girou e viu um velho atarracado de pé na areia, de braços cruzados feito nadadeiras atravessando o peito. Usava um uniforme marrom-claro e um boné. Era o homem do seu casamento. O que ela ficava vendo o tempo todo.

– Eu morri aqui – disse ele. – Bem, ali, no parque. Os caras com quem eu trabalhava fizeram esse marco para comemorar meu aniversário.

Ele encolheu os ombros robustos. Seu cabelo era branco, as orelhas eram grandes e o nariz, chato, com o osso torto, como se tivesse sido quebrado mais de uma vez. As rugas em volta dos olhos desciam até as suíças nas bochechas, que de repente se levantaram num riso amistoso.

– E aí, garota – disse ele, como se a conhecesse.

– O senhor estava no meu casamento – sussurrou Annie. – Acenou para mim.

– Eu esperava ver você mais velha.

– Mais velha?

– Você é nova demais para estar aqui.

– Houve um acidente.

Ela desviou o olhar.

– Pode me contar como foi – disse ele.
– Um balão. Pegou fogo. Meu marido e eu estávamos nele.
– E?
– Ele se feriu. Muito. Não conseguia respirar.
– E você?
– Tiraram um dos meus pulmões. Para salvá-lo. Durante o transplante, eu devo ter...
O velho levantou uma sobrancelha.
– Morrido?
Annie ainda se encolhia ao ouvir a palavra.
– É. E não sei o que aconteceu com meu marido. Só me lembro da sala de cirurgia, de alguém tocando nos meus ombros e dizendo "Vejo você daqui a pouco", como se eu fosse acordar em algumas horas. Mas não acordei.
– Me deixe adivinhar – disse o velho, coçando o queixo. – Você andou perguntando a todo mundo no céu: "Ele sobreviveu? Eu o salvei?"
– Como o senhor sabe?
– Porque quando cheguei aqui eu também encontrei cinco pessoas. E antes de cada uma delas ir embora fiz essa mesma pergunta, porque não conseguia me lembrar dos meus últimos segundos na Terra. "O que aconteceu? Eu salvei a garotinha? Será que a minha vida foi um enorme desperdício?"
– Espera aí... Que garotinha?
O velho pousou o olhar em Annie, que se sentiu incapaz de se virar para outro lado. Seus olhos se fixaram num aplique bordado perto do coração dele, com as mesmas palavras escritas no marco na praia.
– Eddie... Manutenção – leu ela.
– Garotinha – respondeu ele.
O velho levantou os dedos grossos e os de Annie se ergueram involuntariamente para encontrá-los. Quando as mãos dos dois

se tocaram, ela se sentiu mais segura do que nunca, um filhote de passarinho enfim encontrando abrigo sob uma asa poderosa.

– Está tudo bem – sussurrou o velho. – Agora tudo vai se esclarecer.

Muitas das pessoas que passam por uma experiência de quase morte dizem: "Minha vida inteira passou diante dos meus olhos." Os cientistas até estudaram esse fenômeno, certos de que a interrupção dos batimentos cardíacos causa uma repentina exacerbação do funcionamento cerebral, o que provocaria uma intensa liberação de lembranças.

Mas a ciência só sabe o que sabe. E como ela não tem compreensão do outro mundo, não pode explicar que o flash que passa diante dos nossos olhos é, na verdade, uma espiada por trás da cortina do céu – onde nossa vida e a vida de todos aqueles que tocamos estão no mesmo plano, de modo que ver uma lembrança é o mesmo que ver todas elas.

No dia do acidente de Annie, Eddie, o encarregado da manutenção no Ruby Pier, tomou uma decisão instantânea: jogar-se na plataforma do Cabum do Freddy e empurrar a garotinha para longe de um carro que despencava. O que relampejou diante de seus olhos pouco antes de sua morte foi cada interação que tivera na Terra.

Agora, no céu, com os dedos encostados nos dele, Annie também as viu.

Viu um Eddie bebê, nascido na pobreza no início da década de 1920. Viu um brilho nos olhos da mãe dele e as surras frequentes dadas pelo pai alcoólatra.

Viu Eddie em idade escolar jogando bola com os trabalhadores do Ruby Pier. Viu Eddie consertando brinquedos ao lado de seu velho. Viu Eddie entediado e sonhando com uma vida diferente. Viu o pai dele dizer: "O quê? Isto aqui não é bom o suficiente para você?"

Viu a noite em que Eddie conheceu seu único amor verdadeiro – uma moça de vestido amarelo chamada Marguerite – e como eles dançaram ao som de uma orquestra na Concha Acústica Chão de Estrelas. Viu o romance ser interrompido pela guerra e Eddie ser mandado para combater nas Filipinas.

Viu o pelotão dele ser capturado e torturado num campo de prisioneiros. Viu uma revolta ousada e a morte dos torturadores. Viu Eddie incendiando as cabanas onde tinham ficado presos. Viu Eddie levar um tiro na perna. Viu o retorno dele aos tempos de paz, mancando devido ao ferimento e às lembranças sombrias.

Viu Eddie e Marguerite casados e estabelecidos, profundamente apaixonados, mas sem filhos. Viu Eddie, depois da morte do pai, obrigado a assumir o serviço de manutenção no Ruby Pier. Viu-o acomodado naquela vida, deprimido porque, depois de tantos anos tentando se libertar, não era nem um pouco diferente de seu pai, "um ninguém que nunca fez nada", como dizia.

Viu Marguerite morrer com pouco menos de 50 anos, devido a um tumor cerebral, e Eddie dominado pelo sofrimento. Viu-o se esconder no trabalho, chorando quando ninguém podia vê-lo, dentro de brinquedos escuros ou embaixo do toboágua.

Viu Eddie visitar o cemitério zelosamente, aos 60 anos, aos 70, até os 80, deixando flores no túmulo de Marguerite, voltando para casa no banco da frente do táxi para se sentir menos solitário.

E viu o último dia da vida de Eddie, ao fazer 83 anos, quando verificou uma linha de pesca, inspecionou uma montanha-russa, sentou-se numa cadeira de praia e fez um coelhinho com limpadores de cachimbo amarelos. Que deu a uma garotinha.
Uma garotinha chamada Annie.
– Muuuito obrigada! – exclamou ela, afastando-se.
A imagem congelou.
– Essa foi a última coisa que você me disse na Terra – explicou Eddie, segurando a mão de Annie.
– O que aconteceu depois?
Ele soltou sua mão. A imagem desapareceu.
– Vamos caminhar um pouco – disse.

O oceano recuou, como se abrisse um caminho, e os dois foram andando pela praia. A estrela solitária no firmamento azul não se moveu. Eddie contou a Annie o que aconteceu com ele quando chegou ao céu. Contou que também encontrou cinco pessoas, inclusive um trabalhador do show de aberrações que tinha a pele azul, seu ex-capitão do Exército e a Ruby original do Ruby Pier. E disse que, quando sua jornada terminou, quase tudo o que pensava sobre sua vida havia mudado.

Então Eddie perguntou sobre a existência de Annie, dizendo que frequentemente se perguntava o que ela havia feito com os anos que recebera ao ser salva naquele dia. Sentindo-se segura na companhia dele, Annie falou de muitas coisas. Contou sobre os primeiros anos da infância, que ela lembrava terem sido divertidos e despreocupados, e sobre a vida depois do acidente, que fora bem diferente disso.

– O que mudou?

– Tudo. – Ela levantou a mão. – A começar por isto.

Eddie segurou seu pulso com a mão carnuda. Examinou as cicatrizes como se descobrisse um mapa perdido.

– Depois disso, tudo que eu tentei deu errado – continuou ela. – Não conseguia fazer amigos. Entrei em guerra com minha mãe. Tive um primeiro casamento medonho. Perdi...

Eddie levantou os olhos.

– Perdi um filho. Tive depressão. Desisti de ser feliz até que reencontrei Paulo. Achei que ele era a minha chance. Eu o conhecia. Confiava nele. Eu o amava.

Ela fez uma pausa.

– Amo.

Eddie soltou seu pulso. Parecia estar pensando em alguma coisa.

– Você mudaria isso? Sua mão? Se pudesse?

Annie o encarou.

– Que estranho. Paulo me perguntou a mesma coisa quando nós éramos crianças.

– E o que você disse?

– O mesmo que vou dizer agora. Claro que sim. Quem iria querer passar por isso se pudesse evitar?

Eddie assentiu lentamente, mas Annie não teve certeza de que ele concordava.

– Sua esposa está aqui? – perguntou ela.

– Ela não faz parte da sua jornada.

– Mas o senhor pode ficar com ela? No seu céu?

Eddie sorriu.

– Sem ela não seria o meu céu.

Annie tentou sorrir de volta, mas ouvir isso a fez se sentir pior. Seu maior desejo era que Paulo tivesse sobrevivido, que a vida dele tivesse sido salva pelo transplante. Mas isso implicava estar sozinha agora. Será que Paulo seguiria em frente sem ela?

Encontraria outra pessoa? Quando morresse, será que escolheria um céu diferente, que não a incluísse?

– O que foi? – perguntou Eddie. – Você não parece muito animada.

– É que... eu sempre estrago tudo. Até as coisas boas. Até minha noite de núpcias. Foi minha ideia ajudar o homem na estrada. Fui eu que insisti em fazer o passeio de balão.

Ela baixou os olhos.

– Cometo muitos erros.

Eddie olhou para a estrela solitária que reluzia acima deles. Franziu os olhos de volta para Annie e disse:

– Eu costumava pensar a mesma coisa.

De repente, o dia virou noite. O ar ficou quente e pegajoso. A paisagem se tornou estéril. Pequenos focos de incêndio surgiram em colinas nuas ao redor. Annie sentiu o chão ficar mais denso junto aos pés.

– O que está acontecendo? – perguntou ela.

– Ainda não terminamos.

Annie comete um erro

Está com 28 anos. Hoje faz oito anos desde a morte do bebê. Ela troca seu horário pelo turno da tarde no hospital e, depois da hora do rush da manhã, vai ao cemitério.

O lugar está nevoento e úmido. Enquanto caminha até a sepultura, ouve seus pés se arrastando pesadamente no chão. Quando chega à lápide, pisa de leve na grama ao redor, como se não quisesse perturbá-lo. Lê o nome de Laurence e as datas que demarcam seu breve tempo na Terra:

4 DE FEVEREIRO – 7 DE FEVEREIRO

– Eu queria saber rezar melhor – sussurra. – Queria saber o que pedir por você.

Pela milionésima vez, diz a si mesma que não foi de fato uma mãe, que nunca trocou uma fralda, nunca segurou uma mamadeira, nunca ninou o filho para dormir. Sente-se quase idiota, trancada do lado de fora da própria identidade pela qual está de luto.

O trânsito na volta para o hospital está pesado. Annie se sente agitada com a ida ao cemitério e enfia a mão na bolsa para pegar um comprimido contra a ansiedade. Normalmente, toma esses remédios à noite, mas lembra a si mesma que precisa trabalhar um turno inteiro e gostaria de fazer isso com o mínimo de drama. E, afinal de contas, se nesse dia ela não merece algum alívio, quando mereceria?

– Adivinha só – diz uma colega enfermeira assim que Annie chega. – Terry não vem hoje. Está doente.

– Ninguém está cobrindo?
– Não. Somos só você e eu.
 As seis horas seguintes são agitadas, atendendo a múltiplos quartos. Annie não se senta nem por um segundo. As luzes de chamada ficam piscando e as duas enfermeiras se desdobram para atender a todas. Annie pega bolsas de plástico com medicamentos rotulados para cada paciente e os administra meticulosamente, de quarto em quarto.
 Quando chega ao quarto 209K/L, o paciente da direita está dormindo. É um velho magro ligado a um tubo de alimentação. Annie encontra o triturador de comprimidos e abre a bolsa de medicamentos, preparando-se para administrar o comprimido através da seringa.
– Enfermeira, preciso de ajuda aqui – grita o homem da cama ao lado. É careca e gordo, a barriga levantando o lençol.
– Não consigo dormir com este travesseiro.
– Já estou indo – diz Annie.
– Pode me arranjar outro travesseiro?
– Só um segundo.
– Este travesseiro é horrível.
 Annie continua esmagando o comprimido. Pega a água purificada para dissolvê-lo.
– Preciso dormir! – geme o homem.
 Annie solta o ar. Aperta o botão de chamada, esperando que a outra enfermeira venha ajudá-la, mas sabe que os botões ficaram acesos a tarde toda.
– Anda logo – diz o gordo.
– Já estou indo.
– Que droga! Esse cara pode esperar! Ele está apagado!
 Annie está tremendo um pouco por causa dos gritos do homem, mas ao mesmo tempo está quase se arrastando por causa do medicamento que tomou. Esfrega a testa e franze as

sobrancelhas, como se quisesse espremer uma dor de cabeça, depois mexe o comprimido esmagado na água e o coloca na seringa.

– Meu pescoço está duro – reclama o gordo.

Annie coloca a seringa no encaixe do tubo. Aperta a ponta e ajusta o prendedor com o dedo para permitir que o medicamento entre no corpo do paciente.

– ANDA, ENFERMEIRA!

Logo hoje!, pensa Annie, evitando olhar para o homem enquanto fita o rótulo da bolsa de medicamentos. Pisca. Há alguma coisa errada. A data na bolsa. Não é hoje. Ela sabe muito bem a data de hoje: 7 de fevereiro, aniversário da pior coisa que já lhe aconteceu. A data no rótulo é 3 de fevereiro. Seu cérebro dispara fazendo uma equação. Quatro dias. O que poderia mudar em quatro dias? Vê uma anotação no rótulo, LP, que significa "liberação prolongada" – um comprimido que deve ser engolido, jamais triturado. Mas esse homem não pode mais engolir. Talvez pudesse quando escreveram isso...

Imediatamente arranca a seringa do encaixe.

– Maldição, enfermeira, este travesseiro está...

– CALA A BOCA! CALA A SUA BOCA!

Annie não ouve as palavras que acabou de gritar. Sua mente está fixada no que quase fez: injetar analgésicos de liberação prolongada direto num tubo de alimentação – o que administraria a droga toda de uma vez, uma droga que deveria ser liberada ao longo de doze horas. Poderia ter feito um mal tremendo ao homem adormecido. Poderia tê-lo matado.

– Você não pode mandar um paciente calar a boca! – grita o gordo. – Vou denunciar você. Vou fazer você...

Annie não consegue escutar. Sua respiração preenche

seus ouvidos. Sente o coração quase explodir através das costelas. Pega a seringa e a bolsa plástica de medicamentos, dispara pelo corredor e joga tudo na lixeira, sentindo-se uma assassina tentando esconder a arma do crime.
Tira duas semanas de licença. Quando volta, promete ter um foco maior do que nunca nos pacientes. Sem distrações. Sem questões pessoais. Faça alguma coisa certa, Annie, diz a si mesma. Alguma coisa certa.

A quarta lição

O chão embaixo de Eddie e Annie ficou lamacento e molhado. Havia barris de óleo em cima de uma colina e cabanas de bambu pegando fogo em toda parte.

– Que lugar é este?
– A guerra.
– Que guerra? Quando? Onde?
Eddie suspirou.
– A guerra é a mesma em todos os tempos e em todos os lugares.
Ele deu um passo à frente, os pés afundando na lama.
– Isso é nas Filipinas. Segunda Guerra Mundial.
– O senhor era prisioneiro.
– Sim.
– E escapou.
– Depois de um tempo.
– Eu vi isso quando o senhor segurou minhas mãos. O senhor queimou essas cabanas.
– Isso mesmo. Queimei.
Ele se afastou um pouco e encontrou os restos de um lança- -chamas antigo, uma mangueira comprida ligada a um tanque de gasolina com alças para prender às costas.
– Fiquei com medo quando fui capturado. Morri de medo. Quando me libertei, coloquei tudo para fora. Todos fizemos isso.

Atacamos. Destruímos. Incendiamos esse lugar inteiro. Achei que fosse um ato de bravura. Mas eu estava fazendo uma coisa horrível... uma coisa que eu nunca soube.

Ele indicou uma das cabanas e Annie viu uma sombra correr entre as chamas.

– Espere... Aquilo era uma *pessoa*?

Eddie baixou a cabeça, como se não pudesse olhar. Lentamente, uma menina emergiu do incêndio. Tinha pele cor de canela e cabelo cor de ameixa. Estava pegando fogo, lambida pelas chamas. Chegou perto de Eddie e as chamas se apagaram, deixando o rosto e a pele terrivelmente queimados. Colocou as mãos nas dele.

– Esta é Tala – disse Eddie, baixinho. – Estava escondida naquela cabana quando eu ateei fogo.

Ele fixou o olhar em Annie.

– Ela está no céu por minha causa – disse.

Annie deu um passo para trás. Uma onda de medo a atravessou, como se tivesse se enganado em relação àquele velho, como se a aura de segurança dele fosse um ardil.

– Erros – declarou Eddie. – É por isso que estou aqui, para ensinar a você sobre erros. Você achava que estava sempre cometendo erros? Sente que talvez tenha cometido um agora?

Annie desviou o olhar.

– Eu pensava a mesma coisa – continuou Eddie. – Achava que minha vida inteira tinha sido um grande erro. Coisas viviam acontecendo comigo, coisas horríveis, até que finalmente desisti.

Ele deu de ombros.

– Nunca soube sequer qual foi o pior erro que cometi.

Ele se virou para a menina. Tocou o cabelo dela, que pendia em tufos soltos.

– Tala estava escondida naquela cabana. Só fiquei sabendo disso depois que morri. Ela me encontrou no céu. Disse que eu a matei.

Ele mordeu o lábio.

– Isso praticamente me matou de novo.

– Por que está me contando isso?

Eddie trouxe Tala até Annie, de forma que ela visse as bolhas na pele queimada.

– Você foi assombrada por uma coisa durante a maior parte da vida, não foi? Uma coisa que não consegue lembrar, mas que fez com que se sentisse mal consigo mesma?

– Como o senhor sabe? – perguntou Annie, baixinho.

– Porque durante toda a minha vida isso também aconteceu comigo. Eu me sentia um ninguém. Como se estivesse preso no Ruby Pier e não devesse estar ali. Consertar brinquedos de parque de diversões? Quem iria querer um trabalho ridículo desses? Eu pensava que tinha sido um erro começar a trabalhar lá.

Ele fez uma pequena pausa e continuou:

– Então eu morri. E Tala explicou por que eu estava lá. Para proteger as crianças, coisa que eu não tinha feito com ela. Disse que eu estava exatamente onde deveria estar.

Ele pôs a mão no ombro da menina.

– Então ela me contou algo que acabou com a minha dor para sempre. Foi a minha salvação, eu acho, para usar uma palavra bonita.

– O que ela lhe contou?

Eddie sorriu.

– Que eu morri salvando você.

Annie começou a tremer. Eddie segurou suas mãos.
– Vamos. Você já pode ver agora.
– Não consigo.
– Consegue, sim.
– Não lembro.
– Lembra.
Ela gemeu baixinho.
– Não *quero* lembrar.
– Eu sei. Mas está na hora.

O céu ficou vermelho, de um tom ardente, e Annie sentiu a cabeça se levantar bruscamente, como se alguém tivesse puxado seu cabelo. Estava de volta àquele dia no Ruby Pier, testemunhando sua morte iminente. Viu um carro imenso inclinado no topo do Cabum do Freddy. Viu pessoas sendo resgatadas de dentro dele. Viu gente apontando para cima e cobrindo a boca. Viu Eddie atravessar a multidão, gritando instruções para todos se afastarem. Viu pessoas se empurrando e correndo numa direção. E se viu correndo na direção oposta, com o aviãozinho de madeira e o coelhinho de limpadores de cachimbo nas mãos, até a base metálica do brinquedo. Viu-se encolhida, com o nariz escorrendo e as lágrimas rolando, arfando e murmurando:

– Ma... Mãe... Ma... Mãe...

Viu Eddie correndo, manco, em sua direção, com o rosto contorcido. Viu o carro preto e enorme despencando feito uma bomba. Viu Eddie saltando na sua direção com os braços estendidos. As mãos grandes acertaram seu peito, empurrando-a para trás. Ela caiu da plataforma, batendo primeiro o quadril, depois a parte de trás das pernas, em seguida os calcanhares. No segundo seguinte, viu o corpo de Eddie caído na plataforma como uma oferenda sacrificial.

O carro o esmagou como uma bota pisando num inseto.

Então alguma coisa voou na direção de Annie, tão rápido que

não houve tempo para pensar. Essa coisa decepou seu pulso, e ela gritou mais alto do que jamais havia gritado, seus olhos se fecharam e todos os detalhes sumiram, como se aquela bomba tivesse explodido tudo: Annie, Eddie, o dia, a própria vida.

※

– Ah, meu Deus, então foi isso que aconteceu – gemeu Annie, como se acordasse de um sonho. – Agora me lembro. O senhor me empurrou. Salvou minha vida. Uma peça do carro se soltou e decepou minha mão, e aí eu apaguei.
– As coisas ficam bastante claras aqui em cima – disse Eddie.
Annie ficou boquiaberta e olhou rapidamente para um lado e para o outro. Repassou a cena na cabeça.
– Mas...
Soltou a mão de Eddie. Sua voz saiu baixa:
– Então eu matei mesmo o senhor.
– Foi um carro do Cabum que me matou.
– Foi minha culpa.
– Foi culpa de um cabo.
– Eu bloqueei tudo.
– Você não estava preparada.
– Para quê?
– Para a verdade.
– A verdade de que o senhor morreu?
– Existe mais do que isso na verdade.
Ele se afastou, as botas de trabalho chapinhando no chão lamacento.
– Na Terra, nós ficamos sabendo "o que" acontece. A compreensão do "porquê" demora um pouco mais.
– Não – insistiu Annie. – Não existia um porquê! Existia apenas

eu no lugar errado. Ninguém me contou nada. Eu não conseguia lembrar e minha mãe escondeu de mim.

— Ela estava protegendo você.
— De quê?
— Disso que você está sentindo agora: culpa.
— Eu ouvi um boato... na escola...
— E?

Annie hesitou.

— Fingi que não aconteceu. Mudei de escola. Para ser honesta...

Ela abraçou o próprio corpo.

— Fiquei aliviada por não lembrar.

Não conseguia olhar para Eddie.

— O senhor deu a vida por mim — sussurrou. — Sacrificou tudo por minha causa. E eu não conseguia nem encarar a verdade.

Annie se abaixou, sujando os joelhos na lama.

— Sinto muito. Se eu tivesse corrido na outra direção... o senhor não precisaria me salvar.

— Você não está entendendo — respondeu Eddie gentilmente. — Eu *precisava* salvar você. Isso permitiu que eu compensasse a vida que tirei. É assim que a salvação funciona. Os erros que cometemos abrem portas para fazermos o que é certo.

༄

Tala segurou a mão de Eddie e passou-a sobre seu rosto e seus braços. As cascas de ferida caíram. A pele queimada se soltou. Agora ela estava perfeita. Pressionou cinco dedos na barriga de Eddie.

— Tala foi minha quinta pessoa. Você é minha próxima — disse ele.

— Como assim?

– A gente encontra cinco pessoas, depois a gente é uma das cinco de outra. É assim que o céu conecta todo mundo.

Annie olhou para baixo.

– Minha terceira pessoa disse que eu precisava fazer as pazes com o senhor.

– Quem era?

– Minha mãe.

– Bem, ela estava certa em relação a fazer as pazes. Mas não estava falando de mim. Você só tem paz quando faz as pazes consigo mesmo. Precisei aprender isso do modo mais difícil.

Ele olhou para Tala.

– Eu passei muitos anos pensando que não estava fazendo nada de útil porque era um ninguém. Você passou anos fazendo um monte de coisas e achando que todas eram erradas.

Ele soltou o ar.

– Nós dois estávamos enganados.

Ele se inclinou e ajudou Annie a ficar de pé.

– Ei, garotinha?

Ela levantou os olhos.

– Não existe isso de ser um ninguém. E não existem erros.

Com isso, a paisagem derreteu, como se escorresse por um ralo. A escuridão da guerra se desfez. Tala, cujo nome significa "estrela" em filipino, subiu pelo firmamento, tornando-se a luz de um céu azul perfeito em volta deles.

Annie também se sentiu subindo, depois caiu suavemente no assento de uma roda-gigante, girando bem acima da vastidão do Ruby Pier. Olhou o parque de diversões, as barracas e os brinquedos coloridos. Enquanto descia, via o chão começar a brilhar com luzes minúsculas. Elas cresciam cada vez mais, fachos em miniatura que se revelaram os olhos das crianças, que desciam nos barquinhos da Corredeira, giravam no Chapéu Mexicano, montavam nos cavalinhos do carrossel, brincavam e se divertiam. Devia haver milhares delas.

– Trabalhei aqui a vida toda – gritou Eddie por cima das risadas infantis. – Manter os brinquedos seguros significava manter as crianças seguras. E, como estavam seguras, puderam crescer e tiveram filhos. E seus filhos tiveram filhos, e os filhos deles terão filhos também.

Ele indicou o mar de rostos jovens.

– Meu céu me deixa ver todos eles.

A cadeira de Annie baixou até a plataforma.

– Você entende o que estou dizendo?

– Não tenho certeza – respondeu Annie.

Eddie se virou para o outro lado.

– Como eu salvei você, por mais que seus anos tivessem sido difíceis, por pior que fosse o problema com a sua mão, você também pôde crescer. E assim...

Quando ele se virou de volta, Annie ficou paralisada. Eddie estava segurando um bebê com uma pequenina touca azul.

– Laurence? – sussurrou ela.

Eddie se aproximou e pôs o menino em seus braços trêmulos. Instantaneamente, Annie se sentiu inteira de novo, seu corpo completo outra vez. Apertou o bebê contra o peito, um gesto maternal que a preencheu com o sentimento mais puro. Sorriu, chorou e não conseguiu parar de chorar.

– Meu filho – disse com a voz embargada. – Ah, meu filho, meu filho...

Mexeu nos dedinhos dos pés dele. Fez cócegas nos dedinhos das mãos. Suas lágrimas pingaram na testa minúscula e ele as afastou com um tapinha, os olhos dançando, alertas. Estava claro que de algum modo ele conhecia Annie, assim como Annie o conhecia. Ele existia. Estava seguro ali no céu. Annie sentiu uma serenidade que a vida mortal jamais lhe havia propiciado.

– Obrigada – sussurrou para Eddie.

– Cuide-se, garota.

Antes que pudesse responder, Annie foi puxada para o céu, para longe de Eddie e para longe do parque de diversões, passando pela única estrela brilhante, que era Tala, no vácuo preto e morto de outro universo. Quando olhou para baixo, viu que não havia mais nada em seus braços e uivou de angústia, sentindo-se absolutamente cheia e absolutamente vazia, que é o que se sente depois de se ter e perder um filho.

DOMINGO, 15h07

Enquanto o carro da polícia se aproximava do hospital, Tolbert olhou pela janela, para os longos fiapos de nuvens. Fez uma oração silenciosa. Sabia que aquele seria o último instante em que a esperança poderia suplantar os fatos. Assim que entrasse, o que quer que visse seria inegável.

O carro parou. Ele respirou fundo, saiu e caminhou ao lado do policial. Ouvia os passos dos dois no pavimento.

Passaram pela entrada da emergência. Enquanto se aproximavam do balcão, Tolbert viu, através de uma cortina lateral, seu ajudante, Teddy, sentado na beira de uma maca, de cabeça baixa e cobrindo os ouvidos com as mãos.

Por um instante, Tolbert sentiu alívio. *Ele está vivo. Graças a Deus.* Então veio a fúria. Passou intempestivamente pela abertura.

– Epa, ei... – disse o policial.

Mas Tolbert o ignorou. Agarrou Teddy pelos ombros e gritou:

– Que diabo aconteceu, Teddy? Que diabo aconteceu?

A expressão de Teddy era de puro pânico. Seu corpo tremia.

– Vento – murmurou ele. – Um cabo de eletricidade. Eu tentei evitar...

– Você verificou a previsão do tempo?

– Eu...

– Você verificou a porcaria da previsão do tempo?

– Estava...

– Por que você decolou? Quem eram aquelas pessoas? Que droga, Teddy!

– Calma, meu chapa, calma aí – interveio o policial, puxando Tolbert para trás.

Ofegante, Teddy pegou um cartão de visita no bolso da camisa.
– Eles disseram que conheciam você. – A voz dele era um sussurro grave.

Tolbert ficou paralisado olhando para o cartão molengo e amassado, como se estivesse molhado de chuva. O nome dele estava escrito à mão no verso.

A limusine. Os recém-casados.

– Com licença. O senhor é o dono do balão?

Tolbert girou. Outro policial estava à frente dele.

– Precisamos de uma declaração.

Tolbert engoliu em seco.

– Por quê?

O policial abriu um caderno.

– Houve uma fatalidade – respondeu.

A eternidade final

Annie se deixou cair numa superfície fria e dura, com a alma rasgada ao meio. Tinha segurado seu bebê. Tinha se sentido em paz. Por um momento abençoado, pensou que houvesse encontrado o descanso final. Viveria para sempre no céu estrelado do Ruby Pier, com seu filho, Laurence, com Eddie e com as outras crianças que ele tinha mantido vivas. Esse seria o seu céu.

Mas agora tinha saído dali e estava claro que não voltaria mais. Sentia-se estripada. Vazia. Não tinha vontade sequer de abrir os olhos. Quando fez isso, não havia nenhuma cor no firmamento. A escuridão cobria tudo, como se o próprio ar fosse negro.

Por que continuar?, pensou. Sua vida fora revelada pelas pessoas que ela havia encontrado e seus segredos mais profundos tinham sido expostos, abandonados pelas sentinelas que seu cérebro mandara para protegê-los.

Agora sabia de tudo que acontecera. Sabia por que outros tinham se envolvido. O que não sabia era como tudo se encaixava ou, pior, como tudo havia terminado. *É isso?* Aquele era o resumo de sua existência? Um cordão cortado, solto, balançando?

Quando criança, tinham ensinado a Annie que, quando ela morresse, o Senhor a pegaria e a conduziria a um lugar de consolo e paz. Mas talvez isso fosse destinado aos que tinham completado suas missões. Se a pessoa não termina sua história na Terra, como poderia fazer isso no céu?

Passou as mãos pelo corpo e estremeceu. Sua cabeça latejava, os ombros estavam machucados e as costas queimavam, lembrando a dor que sentira ao cair do balão. Quando apertou as coxas, sentiu um tecido familiar, macio e acetinado. Ao descer as mãos pela perna, percebeu o tecido se alargando em babados.

Mesmo sem ver, soube que estava usando seu vestido de noiva.

Levante-se, ouviu sua voz interior lhe dizendo. *Acabe com isso*. Fraca e atordoada, Annie se levantou no escuro. Estava descalça. O vestido grudava no corpo. Olhando para baixo, viu fagulhas de luz abaixo da superfície. Estrelas. Primeiro umas poucas, depois milhares, uma galáxia inteira, bem debaixo de seus calcanhares.

Deu um passo.

O chão rolou.

Annie parou.

O chão parou também.

Deu outro passo e o chão rolou junto; estava andando em cima de uma espécie de globo: um enorme globo de vidro com todo um universo dentro. Em outra situação, aquilo poderia tê-la interessado. Mas agora ela estava vazia, era apenas uma casca oca. Continuou andando sem paz, sem clareza, sem nada da "salvação" que Eddie havia experimentado.

Justo quando imaginou que esse seria seu destino permanente, começou a passar por objetos espalhados aqui e ali: uma cadeira de jardim caída de lado, uma estante de partitura de cabeça para baixo, fitas brancas cortadas entre dois postes de metal. Um novo sentimento a dominou, cru e inquietante; a sensação de que aquilo não era o céu de outra pessoa, mas os restos de sua própria vida na Terra.

Adiante viu um toldo. Embaixo do toldo viu as costas de várias pessoas, homens de terno e mulheres com vestido de festa.

– Olá? – gritou.

Silêncio.

– Estão me ouvindo?

Nada.

– Por favor, alguém me diga onde estou – implorou, chegando mais perto. – Algum de vocês me conhece?

As figuras se dissolveram em partículas minúsculas, revelando um homem de smoking, que levantou a cabeça.

– Eu conheço – disse Paulo.

A quinta pessoa que Annie encontra no céu

O amor chega quando a gente menos espera. Chega quando a gente mais precisa. Chega quando a gente está pronta para recebê-lo ou não pode mais negá-lo. Essas são frases comuns que guardam diversas verdades sobre o amor. Mas a verdade do amor para Annie era que, durante muito tempo – quase dez anos –, ela não esperava nenhum e não recebeu nenhum.

Depois de perder a mãe e o filho, Annie se afastou de praticamente todo mundo, enterrando-se na rotina de enfermeira. Vestia-se sempre do mesmo modo: a roupa hospitalar azul e tênis cinza. Caminhava sempre pelas mesmas ruas. Comprava o mesmo chá na mesma lanchonete.

E, dia após dia, cuidava dos pacientes.

Cuidava dos prontuários. Conhecia os médicos. Evitava a pediatria, achando que as lembranças seriam dolorosas demais, mas era muito boa com os idosos; encorajava as conversas, e eles ficavam felizes em falar. Annie descobriu que escutar pacientes idosos era uma espécie de tratamento – para eles e para si mesma. Era um cuidado suficiente, mas não o bastante para machucá-la. E agora a força motriz de sua vida era a preocupação de evitar ser machucada.

Fazia turnos extras. Deixava o trabalho preencher seus dias

e noites. Raramente socializava. Não namorava. Prendia os cachos castanhos num pequeno elástico preto e apagava a luz do coração.

Então veio a manhã em que, caminhando por uma ala em obras do hospital, com o copo de chá morno pela metade, olhou para cima e sentiu tudo virar de pernas para o ar. Porque ali estava Paulo, Paulo adulto, usando um jeans desbotado e martelando uma tábua. Uma alavanca foi puxada no porão de sua alma. Seu sangue se agitou e seus terminais nervosos formigaram.

Não olhe para mim, pensou. *Ainda posso fugir daqui se você não...*

– Ei, eu conheço você! – disse ele, com um sorriso. – Você é a Annie!

Ela escondeu a mão esquerda às costas.

– Sim, sou eu.

– Da escola.

– Da escola.

– Sou o Paulo.

– Eu lembro.

– Da escola.

– Da escola.

– Uau. Annie.

Ela se sentiu ruborizar. Não conseguia imaginar por que um garoto do colégio lhe provocava algo tão intenso. Mas quando ele disse "Uau. Annie" ela não conseguiu deixar de pensar a mesma coisa: *Uau. Annie. O que é isso?*

E, apesar de não saber na hora, ela estava aprendendo outra verdade sobre o amor: ele chega quando chega.

Simples assim.

O romance foi menos um namoro do que um reencontro. Jantaram juntos naquela noite e em todas as noites naquela semana. Riram e conversaram, até tarde e longamente, evitando a falta de jeito inicial graças à infância em comum.

Paulo contava um monte de histórias e, quando ele terminava uma, Annie perguntava com real interesse: "E o que aconteceu depois?" Ele vivera muitas aventuras quando se mudou para a Itália, inclusive viagens com um time de futebol e um ano nas montanhas. Annie sentia como se aquelas histórias tivessem sido guardadas para ela.

– E você? – perguntou Paulo. – Como vai sua mãe?

– Ela morreu.

– Sinto muito.

– É.

– Eu gostava dela, Annie.

– Mas ela afastava você de mim.

– É, ela era uma fera. Queria proteger você. – Paulo deu de ombros. – Era *por isso* que eu gostava dela.

Os dois trocaram um abraço rápido naquela primeira noite juntos, dando tapinhas nas costas um do outro como velhos amigos. Mas algumas noites depois, após jantarem espaguete, se beijaram suavemente, recostados no carro de Paulo. Annie recuou, como se fosse a primeira vez que tivesse beijado alguém. Disse a Paulo que estava segurando aquele beijo desde o dia em que ele saiu da escola – "Não estou levando em conta aquele desastre perto do seu armário" –, e Paulo confessou que se sentia péssimo em relação àquele incidente e ao modo como os outros tinham agido. E como ele também tinha agido.

– Aquela garota era uma bruxa – disse Annie.

– Mas o seu desenho era legal. Você ainda tem ele?

Annie explodiu numa gargalhada.

– Se eu ainda *tenho*?

– É.
– Por quê?
– Porque eu quero.
– Você quer o desenho?
– Claro. Foi com aquele desenho que eu soube que você me amava.
Annie olhou para baixo e esfregou o joelho.
– Você não tinha como saber disso – disse baixinho.
– Claro que tinha. Eu sabia que amava *você*.
Ela levantou os olhos.
– Está brincando?
– De jeito nenhum.
– Então por que não disse nada?
– Annie – disse Paulo, com seu sorriso enorme se alargando mais ainda –, eu tinha 14 anos!

Com o tempo, como acontece com os amores verdadeiros, a vida dos dois se fundiu sem emendas e eles souberam que permaneceria assim, mesmo sem dizerem uma única palavra.

Um dia, na hora do almoço, Annie empurrava a cadeira de rodas de uma paciente chamada Sra. Velichek para a nova ala dos idosos. Ela era de Nova York e tinha acabado de passar dos 90 anos; era frágil de corpo, mas transbordante de espírito. Annie gostava dela.

– O que acha da nova ala? – perguntou Annie. – É maior do que a antiga e...

Parou de repente. Lá estava Paulo, ajoelhado no chão, terminando de prender um rodapé. Ele levantou os olhos.

– Bom dia, linda.

– Não é *comigo* que ele está falando – disse a Sra. Velichek.

– Como a senhora sabe? – perguntou Annie.

– É, como a senhora sabe? – acrescentou Paulo, levantando-se para apertar a mão da mulher.

– Sra. Velichek, este é o Paulo. Nós somos amigos – disse Annie.

Paulo apontou para a bancada.

– Parece que a comida chegou.

Annie viu uma bandeja de pães e frios que alguém havia entregado.

– Não é para nós – disse ela.

– Acho que pode ser, sim – disse Paulo, maroto. – Está com fome, Sra. Velichek?

Um minuto depois, Paulo e Annie estavam fazendo sanduíches e se divertindo. Paulo fazia pilhas enormes de frios.

– Não faça sanduíches tão grandes – alertou Annie.

– Não preste atenção nela! – disse a Sra. Velichek.

– Eu sempre presto atenção nela – retrucou Paulo.

– É *melhor* ele prestar mesmo – respondeu Annie, rindo e dando uma cotovelada nele enquanto falava.

– Amigos, hein? – disse a Sra. Velichek. – Querida, quem você está querendo enganar?

Foram morar juntos um mês depois, e suas rotinas se entrelaçaram como cores de tinta se misturando. Dividiam o café da manhã, a pasta de dentes, resfriados e o endereço de correspondência.

O outono chegou, o inverno chegou, a primavera chegou e se fundiu ao verão. Numa manhã luminosa, antes de sair para o trabalho, Paulo tirou o elástico do cabelo de Annie e ela sacudiu as mechas onduladas.

– Melhor? – perguntou ela.

E ele respondeu:

– Melhor.

Eles podiam estar falando de qualquer coisa.

Depois disso, o casamento seria uma mera formalidade. Mas Paulo tinha coração de artista. Esperou até certa noite e levou Annie até a cobertura do prédio, que estava iluminada por pequenas tochas, com uma serenata de música clássica saindo de uma grande caixa de som branca. Tirou um plástico de cima de uma forma grande e volumosa, revelando uma escultura inusitada: dois sapos de papel machê. Um sapo usava gravata e pulava por cima do outro – uma referência ao dia em que se conheceram na escola. Havia um bilhete preso na gravata.

Annie leu.

"Um pequeno passo para um sapo; um salto grande demais para nós dois?"

Ela explodiu numa gargalhada. Quando se virou para Paulo, ele já estava com uma caixa de anel aberta, e Annie nem esperou para ouvir a pergunta.

– Sim! – exclamou. – Sim. Sim. Sim.

༄

– Não – sussurrou Annie.

Paulo piscou.

– Você não pode estar aqui.

Ele abriu as mãos.

– Não quero que você esteja aqui.

Ele estendeu a mão para tocar seu rosto.

– Não toque em mim! Não quero que esteja aqui! Você precisava viver! Você precisava viver!

Os dedos dele roçaram sua pele e todo o corpo dela pareceu se dissolver com o contato.

– Olhe, Annie – disse ele, baixinho. – A aurora boreal.

Embaixo deles, através da superfície vítrea do globo, ondas de verde e vermelho se moviam como fumaça entre as estrelas.

– Sabe o que provoca isso?

Annie sentiu lágrimas escorrendo pelo rosto.

– Você me disse um milhão de vezes – respondeu ela, a voz embargada. – Partículas se soltam do Sol. Chegam à Terra sopradas pelo vento solar. Levam dois dias para chegar até nós. E se chocam com nossa atmosfera no ponto mais vulnerável...

Ela engasgou.

– No topo do mundo.

– E cá estamos – disse Paulo.

Ele balançou a mão e uma onda magnífica de cores varreu o céu sob os pés dos dois. Annie olhou para o marido, iluminado por todo aquele brilho. Ele estava como no dia do casamento, mas muito mais em paz, os olhos plácidos, os lábios sem uma única ruga.

Não havia ninguém que ela mais quisesse ver. Não havia ninguém que ela menos quisesse ver.

– *Por quê?* – sussurrou. – Por que você está aqui?

– Os ventos sopraram.

A quinta lição

A perda é tão antiga quanto a vida. Mesmo assim, apesar de toda a nossa evolução, ainda não conseguimos aceitá-la.

Percebendo que não havia salvado a vida de Paulo, Annie se sentiu consumida por suas perdas – o pai que foi embora, a mão danificada pelo acidente, a casa que foi obrigada a abandonar, os amigos que deixou para trás, a morte da mãe, o filho perdido, a noite de casamento, até chegar a isto: o marido morto, diante dela. Sua perda final.

Tinha fracassado de novo.

– Desde quando você está aqui?

– Há algum tempo.

– Você vai encontrar cinco pessoas?

– Já encontrei.

– Não entendo... Eu morri depois de você?

– O tempo aqui é diferente, Annie. Alguns segundos na Terra podem ser um século no céu. É muito louco. Melhor do que todos os meus livros nerds de ficção científica.

Ele sorriu, e Annie sentiu que começava a sorrir também. Mas então se lembrou de onde estavam.

– Não – insistiu ela. – Não é justo. Nós só tivemos uma noite de casados.

– Uma noite pode mudar muita coisa.

– Não é o suficiente! – Ela o encarou como uma criança

implorando por explicação. – Eu não entendo, Paulo. Por que não pudemos simplesmente ser felizes? Por que tudo que existia de bom foi tirado de mim?

Paulo olhou para o firmamento escuro como se verificasse alguma coisa, mesmo não havendo nada ali.

– Lembra-se daquele último dia na escola? – perguntou. – Eu corri atrás de você. Vi você no parque. Vi que estava chorando num banco, mas não consegui ir falar com você. Sabia que tinha decepcionado você.

Ele a encarou, sério.

– Nós fomos embora do país no dia seguinte, e durante quinze anos aquela lembrança me atormentou. Éramos muito novos, mas eu sentia que havia perdido alguém precioso. Voltei para os Estados Unidos com a esperança de ver você outra vez. Então, do nada, você estava ali, no hospital. E eu percebi que se a gente ama alguém de verdade, encontra um caminho de volta.

Annie franziu a testa.

– E depois perde a pessoa de novo.

– A gente perde alguma coisa todos os dias, Annie. Às vezes é uma coisa minúscula, como o ar que a gente acabou de expelir, às vezes é tão grande que a gente acha que não vai sobreviver.

Ele segurou sua mão esquerda.

– Mas sobrevive, não é?

Annie sentiu uma explosão de amor dentro de si. Seu marido estava ali. Pelo menos podia ficar com ele agora. Mas ainda assim...

– Eu queria salvar você – sussurrou.

– Você me deu um pulmão.

– Mas você *morreu*.

– Isso não muda o que você fez.

– Como você consegue ficar tão em paz com isso? Eu estou...

– Como?

Annie procurou as palavras.

– Com o coração partido.

Paulo pensou por um momento.

– Quero lhe mostrar uma coisa.

Ele enfiou a mão no bolso do paletó e tirou um coelho feito com limpadores de cachimbo.

– Você já me deu isso – disse Annie.

– Olhe.

De repente, o coelho se desembolou magicamente, virando cinco limpadores de cachimbo retos. Paulo pegou um e fez uma forma simples e familiar.

– Este é o coração com o qual nascemos, Annie. É pequeno e vazio, porque não passou por nada.

Ele colocou o coração na mão dela.

– E este...

Ele pegou os outros quatro limpadores e os torceu, criando uma versão maior, mais complexa, com linhas se entrecruzando no interior.

– Este é o coração com o qual morremos. Depois das pessoas que amamos. Depois de todas as perdas. É maior, está vendo?

– Mas está todo fragmentado.

– Sim.

– E é isso que o destrói.

Paulo apertou o coração contra o peito de Annie.

– Não. É isso que o deixa inteiro.

De repente, os limpadores de cachimbo brilharam com uma luz forte, e Annie sentiu uma pequena batida aumentando de intensidade dentro de si.

– Paulo, o que está acontecendo?

– Obrigado, Annie. Por alguns minutos, eu pude respirar como você. Foi incrível.

– Não, espere...

– Agora você precisa ir.
– Quero ficar com você...
– Eu estarei aqui. Mas, por enquanto, você precisa viver.
– Como assim?
– Você foi salva da morte uma vez. E deve algumas salvações ao mundo. Foi por isso que se tornou enfermeira. E é por isso que precisa voltar. Para salvar outra pessoa.
– Quem? Por quê? Não, Paulo, por favor!

Ele soltou sua mão. Annie viu partes de si mesma desaparecendo, primeiro os pés e os braços, depois os joelhos, as coxas, a barriga, o peito, decompondo tudo o que havia reconstruído durante sua vida no céu. A superfície embaixo de seus pés pareceu se achatar e derreter, e ela escutou dois níveis de sons, como se múltiplas fitas de gravação estivessem tocando ao mesmo tempo. Paulo estava se esvaindo na luz brilhante da aurora boreal. Agora só seu rosto era visível, perto o suficiente para ser tocado. Ele a beijou com doçura enquanto Annie tentava desesperadamente se agarrar a ele, prendê-lo em seu olhar, mas suas pálpebras baixaram como cortinas pesadas e tudo ficou escuro. Então Annie sentiu duas mãos nos seus ombros, empurrando-a do céu para a Terra.

Sabia que aquelas mãos já tinham estado ali antes.

– Vejo você daqui a pouco – sussurrou Paulo.

Quando seus olhos se abriram, Annie encarava uma luz fluorescente no teto. Ouviu um zumbido mecânico fraco e a voz de uma mulher:

– Doutor, olhe!

Epílogo

A notícia do acidente com o balão se espalhou rapidamente pelo estado e, com o tempo, chegou aos cantos mais longínquos do planeta. Pessoas compartilhavam fotos e faziam comentários sobre a fragilidade da vida.

A história contada era sobre um casal recém-casado, um piloto inexperiente e um final feliz para dois dos três passageiros. O piloto, que fez o balão bater num cabo de eletricidade, escapou da morte ao cair do cesto. A noiva foi salva pelo marido corajoso, que a empurrou para fora do balão e pulou em seguida. Apesar dos graves ferimentos, ele sobreviveu por algumas horas depois de receber um pulmão da esposa. Expirou na sala de cirurgia no mesmo instante em que ela entrou em coma devido a complicações do transplante.

O que poucas pessoas sabiam era que os médicos também perderam Annie brevemente. Seu coração parou, mas ela foi ressuscitada por uma equipe que incluía seu tio Dennis, que irrompeu em lágrimas quando seu coração voltou a bater.

– Agora você está bem, Annie. Você vai ficar bem.

Ele forçou um sorriso.

– Você deu um susto na gente.

Annie piscou.

Pela primeira vez em muito tempo, não sentia medo algum.

O tempo passou. Como flocos sacudidos num globo de neve, a vida dos envolvidos na tragédia se acomodou lentamente, não nos mesmos lugares, mas em novos bolsões de paz.

Teddy se mudou para outro estado, entrou para uma igreja e agora passa boa parte do tempo conduzindo discussões sobre segundas chances. Tolbert fechou a empresa e vendeu a propriedade. Passou cinco meses reunindo coragem para escrever à jovem viúva. Uma semana depois, recebeu uma carta de volta.

A pedido de Annie, Tolbert foi à casa dela e ficou pasmo ao vê-la atender à porta visivelmente grávida. Ela foi mais gentil do que ele esperava e pareceu calma à luz de tudo que havia acontecido. Tolbert disse que lamentava muito e falou de quanto tinha gostado de Paulo no breve contato sob a chuva. Antes de ir embora, perguntou se Annie podia perdoá-lo pelos acontecimentos que tinham levado à morte do marido, mas ela afirmou que não era necessário.

– Ventos sopraram – disse ela.

Tolbert foi embora, sem jamais saber de outro vento que havia soprado, um vento que ele tinha desviado ao puxar Paulo para a lateral da estrada naquela noite chuvosa, impedindo que um carro a toda a velocidade o acertasse, numa tragédia que uma versão diferente do mundo havia planejado – uma versão que não concedia a Annie e a Paulo nem mesmo uma noite de núpcias, nem a criança que resultaria dela. Mas existem muitíssimas ocasiões em que nossa vida é alterada invisivelmente. O risco de um lápis, passando de escrito a apagado.

Pouco depois dessa visita, Annie pegou um mapa, arrumou uma mala pequena e fez uma viagem até um parque de diversões perto de um grande oceano. Quando chegou à entrada, parou e olhou os pináculos e minaretes do Ruby Pier, o arco frontal reluzente e um brinquedo de queda livre que se erguia acima de tudo aquilo.

Perguntou aos funcionários se alguém se lembrava de um homem chamado Eddie, que consertava os brinquedos. Ela foi levada à oficina de manutenção atrás dos carrinhos bate-bate, uma sala com teto baixo, lâmpadas fracas e canecas cheias de porcas e parafusos. Foi apresentada a um homem de meia-idade chamado Dominguez, que enxugou as mãos num trapo e disse que sim, havia trabalhado com Eddie, até ele morrer. Quando Annie contou quem era, o homem largou o trapo e sentou-se num banco, quase caindo.

Por um momento, ele só conseguiu murmurar:

– Que coisa. Que coisa.

E começou a chorar.

– Sinto muito. É que... Eddie ficaria muito feliz se soubesse que você está bem.

Annie sorriu.

Mais tarde, Dominguez levou-a até os fundos e mostrou um baú com objetos de Eddie, bugigangas, cartões de aniversário e um par de botas militares. Annie perguntou se podia pegar uma caixa de limpadores de cachimbo. Dominguez disse que se ela quisesse, podia levar todo o baú.

– Posso perguntar uma coisa pessoal? – pediu ele antes de se despedirem.

Annie assentiu.

– Como é ter a vida salva? Quero dizer, eu vi o que aconteceu no parque naquele dia. Se não fosse o Eddie, você teria morrido.

Annie tocou a própria barriga. Disse que era difícil explicar. Que antigamente achava que daria qualquer coisa para mudar o que havia acontecido, mas agora sentia algo diferente. Disse que, acima de tudo, sentia gratidão.

As estações vieram e foram embora, e quando os dias esquentaram as multidões voltaram aos parques de diversões à beira-mar. Crianças brincavam na versão mais nova da torre de queda livre no Ruby Pier, sem saber, como abençoadamente acontece com as crianças, dos destinos que foram alterados naquele espaço.

Enquanto isso, Annie deu à luz uma menina, que ela segurava suavemente junto do peito. Chamou-a de Giovanna, nome italiano que significa "presente de Deus", porque, como Paulo havia sugerido, Annie tinha voltado do céu para trazê-la ao mundo.

Um dia, quando Giovanna estava com 4 anos, Annie a levou para olhar as estrelas.

– Elas estão muito altas, mamãe!

– É, estão, sim.

– Tem alguma coisa mais alta que elas?

Annie apenas sorriu. Jamais falara sobre sua jornada pela outra vida. Mas não pretendia que fosse assim para sempre.

Um dia, quando Giovanna tivesse idade suficiente, Annie contaria uma história sobre o céu. Contaria sobre as pessoas que já estavam lá, sua avó, seu irmão mais velho e seu pai, de smoking, olhando as estrelas. Contaria sobre os segredos que tinha descoberto durante a visita, como uma vida toca outra e essa vida toca a próxima.

Contaria que todos os finais também são começos, apenas não sabemos disso na hora. E pelo resto de seus dias a criança ficaria reconfortada ao saber que, apesar dos medos ou das perdas, o céu tem as respostas para todas as suas questões, começando por cinco pessoas que estavam esperando por ela – como esperam por todos nós –, sob os olhos de Deus, no lugar que carrega o verdadeiro significado da palavra mais preciosa que existe.

Lar.

Agradecimentos

Primeiro gostaria de agradecer a Deus pelas bênçãos de saúde e criatividade que permitem que um homem crie uma história sobre o céu.

Além disso, quero dizer muito obrigado às seguintes pessoas pela ajuda e pela inspiração para que eu pudesse criar este livro: Primeiro, das áreas de pesquisa: Kay MacConnachie, terapeuta ocupacional e diretora clínica da Motus Rehabilitation, em Warren, Michigan, cujo trabalho com pacientes em recuperação de reimplantes de mão me ajudou a pintar um retrato vívido das cicatrizes físicas e emocionais que acompanharam Annie durante toda a vida; Gordon Boring, piloto de balão e presidente do Wicker Basket Balloon Center, em Wixom, Michigan (leitores: saibam, por favor, que acidentes como o descrito aqui são raríssimos!); Lisa Allenspach, médica-chefe do Henry Ford Hospital e diretora do Programa de Transplantes de Pulmão do Henry Ford Hospital, em Detroit; e Val Gokenbach, enfermeira-chefe no Baylor Scott & White All Saints Medical Center – Fort Worth, Texas. Agradecimentos especiais a Jo-Ann Barnas, que fez pesquisas meticulosas e perguntas ótimas. O personagem de Samir foi em parte inspirado na história verdadeira do falecido Everett (Eddie) Knowles, cujo acidente na infância, em 1962, levou a uma revolução no campo dos reimplantes de membros.

Além disso, desejo agradecer a David Black, agente e amigo

nos tempos bons e ruins; a Gary Morris, Jennifer Herrera e Matt Belford, da David Black Agency; e às pessoas fantásticas da HarperCollins, a começar por Karen Rinaldi, minha querida editora, que me deu grandes ideias sobre os protagonistas; Jonathan Burnham; Brian Murray; Hannah Robinson; Doug Jones; Frank Albanese; Leah Wasielewski; Stephanie Cooper; Sarah Lambert; Tina Andreadis; Leslie Cohen; Leah Carlson-Stanisic; Michael Siebert e Milan Bosic (que me deu mais uma capa incrível).

Na esfera pessoal, meu muito obrigado a Kerri Alexander, que mantém minha vida na linha, e a Marc "Rosey" Rosenthal, que impede essa vida de desmoronar; a Vince, Frank; a Antonella Iannarino, nossa incrível guru da internet; e a Mendel, que ainda por cima é engraçadíssimo.

Não haveria o conceito de Cinco Pessoas sem meu tio Eddie – o Eddie de verdade –, que me contou a primeira história sobre a outra vida. E quando o Eddie fictício diz que o céu não existiria sem sua esposa, era eu falando de Janine, que me inspira dia após dia. Agradeço aos familiares que fizeram as primeiras leituras deste livro; e a minha mãe e meu pai, que me ensinaram a contar histórias e que, depois que publiquei meu último livro, reuniram-se no céu, onde, sem dúvida, estão passando cada minuto juntos, como tentaram fazer na Terra.

Por fim, meu agradecimento mais profundo aos meus leitores, que continuam a me surpreender, inspirar, motivar e abençoar. Por enquanto, o céu pode ser uma oração e uma suposição. Mas, graças a vocês, sei que já experimentei um pouco dele.

LEIA UM TRECHO DE *A ÚLTIMA GRANDE LIÇÃO*, DE MITCH ALBOM

O currículo

As últimas aulas da vida do meu velho professor foram dadas uma vez por semana na casa dele, ao pé de uma janela do estúdio de onde ele podia olhar um hibisco pequenino lançar suas flores róseas. As aulas eram às terças-feiras, depois do café da manhã. O assunto era o sentido da vida. A lição era tirada da experiência.

Não havia notas, mas havia exames orais toda semana. O professor fazia perguntas, e o aluno também podia perguntar. O aluno devia praticar atividades físicas de vez em quando, tais como colocar a cabeça do professor em posição confortável no travesseiro ou ajeitar os óculos dele no cavalete do nariz. Beijar o professor antes de sair contava ponto.

Não havia compêndios, mas muitos tópicos eram debatidos – amor, trabalho, comunidade, família, envelhecimento, perdão e, finalmente, morte. A última palestra foi breve, só algumas palavras. Em vez de colação de grau, um enterro.

Mesmo não havendo exame final, o aluno devia apresentar um trabalho extenso sobre o que ele aprendera. Esse trabalho é apresentado aqui.

O derradeiro curso da vida do meu velho professor só teve um aluno. Que sou eu.

∽

Uma tarde quente e úmida de sábado, no fim da primavera de 1979. Centenas de alunos sentados lado a lado em cadei-

ras de dobrar, no gramado maior do campus. Usamos becas de náilon azul. Escutamos impacientes os discursos compridos. Acabada a cerimônia, jogamos nossos chapéus para o alto e somos oficialmente declarados graduados, os alunos do último ano de faculdade da Universidade Brandeis, sediada em Waltham, Massachusetts. Para muitos de nós, baixava-se a cortina da infância.

A seguir encontro Morrie Schwartz, meu professor predileto, e o apresento a meus pais. Morrie é baixinho e caminha a passos curtos, como se um vento forte pudesse levá-lo para as nuvens a qualquer momento. Com a beca para o dia de formatura, ele parece uma mistura de profeta bíblico e elfo natalino. Tem olhos azul-esverdeados brilhantes, cabelo prateado ralo caído na testa, orelhas grandes, nariz triangular e espessas sobrancelhas acinzentadas. Apesar dos dentes superiores tortos e dos inferiores inclinados para dentro – como se ele tivesse levado um soco na boca –, o sorriso é sempre o de quem acabou de ouvir a primeira piada contada no mundo.

Diz a meus pais que eu fiz todos os cursos ministrados por ele e que sou "um garoto especial". Encabulado, baixo os olhos para os pés. Antes de nos separarmos, entrego a meu professor um presente, uma pasta castanha com as iniciais dele, que eu havia comprado no dia anterior. Eu não queria esquecê-lo. Ou talvez não quisesse que ele me esquecesse.

– Mitch, você é dos bons – diz ele admirando a pasta. Depois me abraça. Sinto os braços magros me envolvendo. Sou mais alto do que ele e, quando me abraça, sinto-me canhestro, mais velho, como se eu fosse o pai e ele, o filho.

Pergunta se vou manter contato. Sem hesitar, respondo que sim.

Quando ele me solta, vejo que está chorando.

O programa

A sentença de morte dele foi dada no verão de 1994. Mas agora tudo indica que Morrie já sabia bem antes que alguma coisa ruim estava para acontecer. Ficou sabendo no dia em que parou de dançar.

Meu velho professor sempre fora dançarino. Não importava a música. Rock and roll, jazz, blues. Apreciava de tudo. Fechava os olhos e, com um sorriso beatífico, começava a se mexer no seu próprio ritmo. Nem sempre era bonito de se ver. Mas também ele não se preocupava com o par. Morrie dançava sozinho.

Ia a uma igreja de Harvard Square toda noite de quarta-feira, porque lá havia o que chamavam de "Dança Grátis". Entre luzes piscantes e som alto, Morrie se movimentava na multidão quase toda de estudantes, usando uma camiseta branca, calça preta de malha e uma toalha no pescoço. Qualquer música que tocassem era a música que ele dançava. Dançava o *lindy* no compasso de Jimi Hendrix. Contorcia-se e rodava, agitava os braços como regente sob efeito de anfetaminas, até o suor escorrer pelo meio das costas. Ninguém ali sabia que ele era um famoso doutor em Sociologia, com longa experiência e muitos livros importantes publicados. Pensavam que fosse um velhote excêntrico. Uma vez ele levou uma fita de tango e pediu que a tocassem. Depois, tomou o comando da pista, correndo para lá e para cá como um ardente amante latino. Quando acabou, todos aplaudiram. Ele podia ter permanecido para sempre vivendo aquele momento.

De repente, a dança terminou.

Depois dos 60 anos, ele começou a ter asma. A respiração ficou difícil. Um dia, passeando pela margem do rio Charles, um sopro de vento frio deixou-o com falta de ar. Levado às pressas para o hospital, deram-lhe adrenalina injetável.

Anos depois, Morrie começou a ter dificuldade de andar.

Numa festa de aniversário de um amigo, ele cambaleou inexplicavelmente. Outra noite, caiu ao descer os degraus de um teatro, assustando um grupo grande de pessoas.

– Afastem-se, ele precisa de ar! – gritou alguém.

Nessa altura, ele tinha mais de 70 anos, por isso atribuíram o acidente à velhice e o ajudaram a se levantar. Mas Morrie, que sempre estava em contato com o seu organismo mais do que estamos com o nosso, sabia que alguma coisa se desarrumara nele. Não era só problema de idade. Sentia-se sempre cansado. Não dormia bem. Sonhava que estava morrendo.

Passou a consultar médicos. Muitos médicos. Examinaram-lhe o sangue. A urina. Enfiaram-lhe uma sonda pelo ânus e examinaram os intestinos. Finalmente, nada descobrindo, um médico pediu uma biópsia de músculo. Para isso extraíram um pedacinho da batata da perna dele. O laudo do laboratório indicava a possibilidade de algum problema neurológico, e Morrie foi internado para mais uma série de exames. Num desses exames, sentaram-no numa cadeira especial e o submeteram a uma corrente elétrica – espécie de cadeira elétrica – e estudaram as reações neurológicas.

– Precisamos ir mais fundo nisso – disseram os médicos diante dos resultados.

– Por quê? – perguntou Morrie. – Do que se trata?

– Não sabemos ao certo. Os seus ritmos estão lentos.

Ritmos lentos? O que significava isso?

Finalmente, num dia quente e úmido de agosto de 1994, Morrie e a esposa, Charlotte, foram ao consultório do neurologista, que os convidou a se sentarem antes de ouvirem o diagnóstico: esclerose lateral amiotrófica (ELA), a doença de Lou Gehrig,[1] enfermidade implacável, e ainda incurável, do sistema nervoso.

---

[1] Henry Louis Gehrig (1903-1941), astro do beisebol americano, em quem a doença foi primeiro identificada. (N. do T.)

— Como a contraí? — perguntou Morrie.
Ninguém sabia.
— É terminal?
Era.
— Quer dizer que vou morrer?
O médico confirmou, e disse que lamentava muito.
Passou quase duas horas com Morrie e Charlotte, respondendo pacientemente às perguntas que eles faziam. Deu-lhes informações e folhetos sobre a doença como se eles estivessem querendo abrir uma conta em banco. Na rua o sol brilhava, gente andava apressada de um lado para outro. Uma senhora corria para introduzir dinheiro no parquímetro. Outra carregava compras. Pela cabeça de Charlotte passavam milhões de pensamentos. *Quanto tempo nos resta? Como o administraremos? Como pagaremos as contas?*
Entretanto, o meu velho professor estava admirado da normalidade do dia em torno dele. *O mundo não deveria parar? Ignoram eles o que me aconteceu?*
O mundo não parou, e, quando Morrie quis abrir a porta do carro, sentiu-se como caindo num buraco. E essa agora?, pensou.

⁂

Enquanto ele buscava respostas, a doença avançava dia a dia, semana a semana. Certa manhã, ao dar marcha a ré no carro para sair da garagem, não teve força para acionar a embreagem. Terminava aí a sua vida de motorista.
Para não cair, comprou uma bengala. Assim terminou o seu tempo de andar livremente.
Nadava regularmente no clube, mas descobriu que não conseguia mais se despir. Assim, contratou o seu primeiro ajudante pessoal, um estudante de Teologia chamado Tony, que o auxiliava a entrar e sair da piscina, a vestir e tirar o calção. No ves-

tiário, os outros nadadores fingiam não olhar, mas olhavam. Aí terminava a sua privacidade.

No outono de 1994, ele foi ao campus da Brandeis dar o seu derradeiro curso. Não precisava fazer isso, a universidade teria compreendido. Por que sofrer diante de tanta gente? Ficasse em casa. Pusesse a vida em ordem. Mas a ideia de desistir não ocorreu a Morrie.

Assim, ele entrou claudicante na sala de aula, onde estivera por mais de trinta anos. Apoiado na bengala, levou tempo para chegar à cadeira. Finalmente sentou-se, deixou cair os óculos e olhou para os rostos jovens, que o fitavam silenciosamente.

– Meus amigos, imagino que estejam aqui para a aula de Psicologia Social. Venho ministrando este curso há muitos anos, e esta é a primeira vez que posso falar do risco que existe em segui-lo, porque estou sofrendo de uma doença fatal. Posso morrer antes de terminado o semestre. Se acharem que isso é um problema, podem desistir do curso; eu compreenderei.

Morrie sorriu.

E assim terminava o seu segredo.

༄

A ELA é como vela acesa: derrete os nervos e deixa o corpo como uma estalagmite de cera. Geralmente começa nas pernas e vai subindo.

A pessoa perde o comando dos músculos das coxas e não aguenta ficar de pé. Perde o comando dos músculos do tronco e não consegue sentar-se ereta. No fim, se continua viva, respira por um tubo introduzido num orifício aberto na garganta; e a alma, perfeitamente alerta, fica aprisionada numa casca inerte, podendo talvez piscar, estalar a língua, como coisa de filme de ficção científica – a pessoa congelada no próprio corpo. Isso não dura mais de cinco anos, contados do dia em que se manifesta a doença.

Os médicos deram a Morrie mais dois anos.

Ele sabia que seria menos.

Mas o meu velho professor havia tomado uma decisão importante, na qual começara a pensar no dia em que saiu do consultório do médico com uma espada sobre a cabeça. *Vou me entregar e sumir, ou aproveitar da melhor maneira o tempo que me resta?* – indagou a si mesmo.

Não ia se entregar. Não ia se envergonhar de sua morte decretada.

Decidiu que faria da morte o seu derradeiro projeto, o ponto central de seus dias. Já que todos vão morrer um dia, ele poderia ser de grande valia. Podia ser um campo de pesquisa. Um compêndio humano. *Estudem-me em meu lento e paciente processo de extinção. Observem o que acontece comigo. Aprendam comigo.*

Morrie ia atravessar a ponte entre a vida e a morte e narrar a travessia.

O semestre do outono passou rápido. A quantidade de comprimidos aumentou. O tratamento tornou-se rotina. Morrie recebia enfermeiras em casa para lhe exercitarem as pernas flácidas, manterem os músculos em atividade, dobrarem as pernas para trás repetidamente, como se bombeassem água de uma cisterna. Massagistas o visitavam uma vez por semana para aliviar o constante entorpecimento que ele sentia. Recebia professores de meditação, fechava os olhos e estreitava o campo do pensamento até reduzir o mundo ao simples inalar e exalar, inspirar e expirar.

Um dia, apoiado na bengala, ele tropeçou no meio-fio e caiu na rua. A bengala foi substituída por um andador. Logo a ida ao banheiro ficou muito cansativa, e ele passou a urinar num caneco grande. Para fazer isso, precisava ficar em pé, o que significava que alguém tinha de segurar o caneco para ele.

A maioria das pessoas ficaria encabulada com isso, principalmente na idade de Morrie. Mas ele não era como a maioria. Quando um de seus colegas mais íntimos o visitava, ele dizia: "Olhe, preciso urinar. Você não se importa de me ajudar?"

Para sua própria surpresa, eles não se importavam.

Ele recebia uma procissão cada vez maior de visitas. Formou grupos de debate sobre a morte, sobre o que significa o medo de morrer que as sociedades sempre tiveram, apesar de não compreenderem bem a morte. Disse aos amigos que, se quisessem mesmo ajudá-lo, não o tratassem com pena, mas com visitas, telefonemas, dividissem com ele os seus problemas, como sempre tinham feito, porque Morrie sempre fora um bom ouvinte.

Apesar de tudo por que passava, a voz de Morrie era forte e estimulante, e sua mente trepidava com um milhão de pensamentos. Estava empenhado em mostrar que a palavra "morrente" não é sinônimo de "inútil".

O Ano-Novo veio e se foi. Mesmo sabendo que aquele seria o último ano de sua vida, Morrie não disse isso a ninguém. Já precisava de uma cadeira de rodas, e lutava contra o tempo para conseguir dizer às pessoas que amava tudo o que tinha para lhes dizer. Quando um colega da Brandeis morreu subitamente de enfarte, Morrie voltou deprimido do enterro.

– Que pena Irv não ter ouvido aquelas homenagens todas – disse.

Pensando nisso, teve uma ideia. Deu uns telefonemas, escolheu uma data. E numa tarde fria de domingo reuniu a família e um grupo pequeno – a mulher, os dois filhos e alguns de seus amigos mais íntimos – em sua casa para um "funeral ao vivo". Um a um, todos homenagearam o meu velho professor. Uns choraram. Outros riram. Uma senhora leu um poema:

Meu querido, meu amado primo...
Seu coração atemporal

*enquanto você segue tempo afora,
uma camada sobre outra,
delicada sequoia...*

Morrie chorou e riu com eles. Tudo aquilo que sentimos bem no íntimo e nunca dizemos às pessoas que amamos foi dito por Morrie naquele dia. O "funeral ao vivo" foi um sucesso.

Só que Morrie ainda não tinha morrido.

Aliás, a parte mais extraordinária de sua vida estava por vir.

O aluno

Neste ponto, preciso explicar o que me aconteceu desde aquele dia de verão, quando abracei pela última vez o meu querido e sábio professor e prometi manter contato com ele.

Não cumpri a promessa.

Aliás, perdi contato com a maioria das pessoas que conheci na faculdade, inclusive meus amigos de cervejadas e a primeira mulher ao lado da qual acordei de manhã. Os anos após a formatura me endureceram e fizeram de mim uma pessoa bem diferente do formando gaguejante que deixou o campus naquele dia e embarcou para a cidade de Nova York, pronto para oferecer o seu talento ao mundo.

O mundo, descobri, não estava tão interessado assim. Durante os meus primeiros anos da casa dos 20 vivi pagando aluguel, lendo classificados e indagando por que os sinais não ficavam verdes para mim. O meu sonho era ser músico famoso (eu tocava piano), mas depois de anos em boates escuras e vazias, de promessas não cumpridas, bandas que se desfaziam e produtores que se entusiasmavam por todo mundo menos por mim, o sonho deteriorou. Pela primeira vez na vida eu fracassava.

Ao mesmo tempo, tive o meu primeiro encontro sério com a morte. Meu tio preferido, irmão de minha mãe, o tio que me ensinou música, me ensinou a dirigir carro, que me provocava a respeito de namoradas, que jogava bola comigo – o único adulto que elegi quando criança e disse a mim mesmo que quando crescesse queria ser como ele –, morreu de câncer no pâncreas aos 44 anos. Era de baixa estatura, bonito, de bigode espesso. Passei com ele o último ano de sua vida, morando num apartamento vizinho. Assisti ao definhamento de seu corpo robusto, ao inchaço, ao sofrimento dele noite após noite debruçado à mesa de jantar, comprimindo o estômago, os olhos fechados, a boca contorcida pela dor. "Ah, Deus!", gemia ele, "Ah, Jesus!". Nós – minha tia, os dois filhos dele e eu – ali calados, retirando os pratos, evitando olhar uns para os outros.

Nunca me senti tão desorientado na vida.

Uma noite, em maio, eu e meu tio ficamos sentados na varanda do seu apartamento. Soprava uma brisa e fazia calor. Ele olhou o horizonte e disse entre os dentes que não veria a passagem de ano dos filhos na escola. Perguntou se eu poderia tomar conta deles. Pedi-lhe que não falasse assim. Ele me lançou um longo olhar triste.

Semanas depois ele morreu.

Depois do enterro, minha vida mudou. De repente, o tempo ficou precioso para mim, água escorrendo de uma torneira aberta e eu não podendo me mexer com a rapidez necessária. Chega de tocar música em boates quase vazias. Chega de compor música que ninguém quer ouvir. Voltei a estudar. Formei-me em Jornalismo e peguei o primeiro emprego que me foi oferecido – redator de esportes. Agora, em vez de correr atrás de minha fama, eu escrevia sobre atletas famosos que corriam atrás da deles. Trabalhei para jornais e como freelancer para revistas. Trabalhava num pique que desconhecia horários e limites.

Acordava de manhã, escovava os dentes, sentava-me à máquina com a roupa de dormir. Meu tio tinha trabalhado para uma empresa e detestado fazer a mesma coisa todos os dias, e decidi que não ia acabar como ele.

Fiquei pulando de Nova York para a Flórida, e acabei num emprego em Detroit, colunista do *Detroit Free Press*. O apetite da cidade por esportes era insaciável – tinham equipes profissionais de futebol americano, basquete, beisebol e hóquei –, o que convinha a meus planos. Em poucos anos, eu não apenas escrevia colunas mas também livros sobre esportes, fazia programas de rádio, aparecia regularmente na televisão, opinava sobre ricos jogadores do nosso futebol e sobre a hipocrisia dos programas de esporte universitário. Passei a fazer parte da tempestade de jornalismo esportivo que agora encharca o país. Eu era muito solicitado.

Deixei de ser inquilino e comecei a ser proprietário. Comprei uma casa numa colina. Comprei carros. Investi em ações, formei uma carteira. Tudo que eu fazia era de olho no relógio. Praticava exercícios físicos como louco. Dirigia a alta velocidade. Ganhava muito dinheiro. Conheci uma moça de cabelos negros chamada Janine, que conseguiu me amar apesar do meu pique de trabalho e de minhas frequentes ausências. Casamos depois de sete anos de namoro, e uma semana depois voltei ao trabalho. Disse a ela – e a mim mesmo – que um dia começaríamos a formar uma família, o que ela queria demais. Porém esse dia nunca chegou.

Em vez de família, eu enchia os dias com o trabalho, porque achava que assim podia comandar as coisas, podia sempre acrescentar mais uma dose de felicidade antes de adoecer e morrer, como meu tio, destino esse que eu considerava natural para mim.

E Morrie? Bem, de vez em quando eu pensava nele, no que ele me ensinara quanto a "ser humano" e me "relacionar com os outros", mas era sempre uma lembrança distante, de outra vida. Durante anos joguei fora toda correspondência que me vinha da Universidade Brandeis, imaginando que fossem pedidos de dinheiro. Assim, não fiquei sabendo da doença de Morrie. As pessoas que podiam ter me avisado estavam esquecidas havia muito tempo, os telefones delas, perdidos em alguma caixa recolhida ao sótão.

Poderia ter continuado assim, não fosse a casualidade de, no fim de uma noite, eu estar zapeando os canais de televisão e ouvir alguma coisa que prendeu minha atenção...

CONHEÇA TODOS OS TÍTULOS DE MITCH ALBOM

Ficção

As cinco pessoas que você encontra no céu
A próxima pessoa que você encontra no céu
As cordas mágicas
O primeiro telefonema do céu
O guardião do tempo
Por mais um dia

Não ficção

A última grande lição
Tenha um pouco de fé

Para saber mais sobre os títulos e autores da Editora Sextante, visite o nosso site. Além de informações sobre os próximos lançamentos, você terá acesso a conteúdos exclusivos e poderá participar de promoções e sorteios.

sextante.com.br